ALPHAPOLIS
WEB CITY SINCE 2000

超越者となったおっさんは マイペースに異世界を散策する3

ALPHA LIGHT

神尾優
Kamio Yu

アルファライト文庫

バーラット
SSランク冒険者。隙《すき》あらば酒に手を出す、困ったおっさん。
ニーア
明るく活発な、ぼくっ娘《こ》妖精。邪妖精とは一緒にしないで欲しい。
レミー
Dランク冒険者の忍者。地味なのを気にしている。
ヒイロ
神様から最強スキルを貰《もら》い、異世界を旅する42歳のおっさん。

主な登場人物
ナスカリス
瘴気《しょうき》拡大を目論《もくろ》む
妖魔公爵《こうしゃく》。
幻術を得意とする、
かなりの性悪《しょうわる》。
ネイ
本名、橘翔《たちばなしょう》子《こ》。
ヒイロと同時に
召喚《しょうかん》された勇者の
うちの一人。
シルフィー・
ネル・ラクス
ヒイロ達に瘴気調査の
依頼をした、
意外としたたかな
教会の司祭。

第1話　懐《なつ》かしき食材

ある日突然、若者限定の筈《はず》の勇者召喚《しょうかん》に選ばれた冴《さ》えないおっさん、山田博《やまだひろし》四十二歳。

神様から【超越者《ちょうえつしゃ》】【全魔法創造《ぜんまほうそうぞう》】【一撃必殺《いちげきひっさつ》】という三つのチートスキルを与えられた彼は、ヒイロと名前を改めて、異世界を旅することになった。

森で出会った妖精のニーアやSSランク冒険者バーラットとともに、コーリの街へと辿《たど》り着《つ》いたヒイロは、そこで冒険者として登録し、ダンジョンで出会った忍者のレミーをパーティメンバーに加える。

そして現在一行は、来るかもしれない首都からの呼び出しを待ちつつ、バーラットの家を拠点《きょてん》に冒険者として活動していたのだった。


「ただいまです」

「お帰りなさい……って何ですそれ？」

爽《さわ》やかな朝日が差し込む中、ヒイロ達がバーラットの家のリビングでくつろいでいると、レミーが大きな木箱を二つ抱《かか》えて部屋に入ってきた。その木箱は、一つだけでも一抱えはあろうかという大きさで、それを二つ重《かさ》ねて持ってきたレミーに、ヒイロは目を見開いて驚《おどろ》く。

「バーラットさんにここに住まわせてもらう許可をいただけたので、実家から色々と送ってもらったんです」

レミーはヒイロに答えつつ、ドサッと重い音を立てながら荷物を床に置く。

「まあ、御実家から……ということは中身は日用品かしら？」

そう言って、仕事が休みでヒイロ達とともにリビングでくつろいでいた、冒険者ギルドコーリ支部の副ギルドマスターであるアメリアが「部屋で荷物整理をするなら手伝いますよ」と申し出る。しかしレミーは畏《かしこ》まりながら首を左右に振った。

「いえ、滅相《めっそう》もありません！　それにこれは、日用品ではなくて、食料品なんです」

「ほう、食料品……」

食い物と聞いて、朝っぱらから酒を嗜《たしな》んでいたバーラットが、酒に合うつまみになりそうな物はないかと目を光らせる。

「はい。私の故郷のギチリト領は調味料なんかが他の地域と比べて少々特殊《とくしゅ》でして……」

そう言いながらレミーが木箱を開けると、中には焼き物の壺《つぼ》が緩衝材《かんしょうざい》がわりの藁《わら》に包まれて、六つほど入っていた。

「特殊というと？」

「現在の領主様が提案なされて、作り始めた調味料なんですが、ダイズという珍《めずら》しい豆が原材料でして……」

「何ですとぉ！」

ヒイロはレミーの説明を遮《さえぎ》るように勢いよく立ち上がり、その大声に一同がビックリしてそちらへ視線を集中させる。とりわけ原因を作ったレミーが、何か悪いことでも言ってしまったのかとオロオロしていた。

「あの……ヒイロさん。私、なんかマズイことでも言いましたか？」

おずおずとお伺《うかが》いを立てるレミーの言葉など耳に届いていないかのように、ヒイロはフラフラッと木箱へと近付いていく。

ヒイロは以前、レミーの故郷の領主が忍者を育成していると聞いた際に、領主は同郷の者じゃないかと予測していた。そして、領主がダイズという豆を原材料に調味料を作った――もう、ヒイロの脳内には、懐《なつ》かしき二つの調味料しか浮かんでいなかった。

「もしかして……その壺の中身は、醤油《しょうゆ》と味噌《みそ》ではないですか？」

恐る恐るといった感じでそう聞いてくるヒイロに、レミーは目を見開く。

「ヒイロさん、なんで分かったんですか！」

ビックリしながらレミーが壺の蓋《ふた》を全《すべ》て取ると、その半分には黒い液体が、もう半分には茶色い物体がギッシリと詰《つ》まっていた。

「なんだそれは？」

　壺の中身を見て、旨《うま》そうな物を期待していたバーラットが露骨《ろこつ》に顔をしかめる。アメリアとニーアも、そのビジュアルから美味《おい》しい物とは思えず、困ったような表情を浮かべた。しかし、生粋《きっすい》の日本人であるヒイロは違う。それを見た瞬間、目を見開きワナワナと体を震《ふる》わせながら壺に顔を近付けた。

「おおっ！　確かに醤油と味噌です！」

　懐かしい薫《かお》りを目を細めながら存分に楽しみつつ、ヒイロはこれを作った領主のことが俄然《がぜん》気になり、レミーへと視線を向けた。

「レミーさん。この醤油と味噌は領主様が提案なされて作ったということですが、その領主様とはどのような方なのですか？」

「ほえ？　領主様ですか。領主様は今年二十一歳になられる、若くて有能な方です。なにせ、五歳の時に忍者や侍《さむらい》を養成する学校を作ることを提案なされたほどですから。更《さら》にその後も、海が無く塩を他の領土からの買い付けで賄《まかな》うしかなかったギチリト領で、塩分を含んだ調味料の種類と絶対量を少しでも増やそうとショウユとミソを製造したり、領地各所に温泉を掘《ほ》り当て、共同浴場を建設したりと――あまりに有能だったので、先代様も早くに隠居《いんきょ》して、領主様が十二歳の時に跡目《あとめ》を継《つ》がせたほどなんです」

「ほほぅ！　醤油や味噌だけでなく温泉まで……」

（発想が完全に日本人ですねぇ……しかし、領主の息子として生を受けているようですが……これはやっぱり転生なのでしょうか？　しかも、前世の記憶を持った……）

誇《ほこ》らしげにそう語るレミーの話を聞きつつ、ヒイロはギチリト領の領主への関心をどんどん膨《ふく》らませる。

そんなヒイロをよそに、醤油と味噌に全く関心が無くなったバーラットは、もう一つの木箱へと興味を移した。

「ところで、そっちの木箱には何が入っているんだ？」

「ああ、こっちの箱ですか？　こっちの箱には、現在ギチリト領の主食となりつつある穀《こく》物《もつ》が入ってるんですが……」

レミーがそこまで言うと、ギチリト領の領主に関してアレコレと考えていたヒイロの目が光った。

「新《あら》たな主食となる穀物ですと！　……それも領主様が推進なさった食材なんですか？」

「えっ！　……ええ。なんでも、領主様が領内を探し回り、やっと見つけ出したという話なんですけど……」

ヒイロの形容しがたい迫力《はくりょく》に押され、若干《じゃっかん》引き気味にレミーがそう答えると、ヒイロの目が更に輝きだす。

「醤油、味噌を作った領主様がわざわざ探し出した穀物……それはつまり、アレしか考えられませんよね……」

目を爛々《らんらん》と輝かせ、口の両端を極限《きょくげん》まで引き上げたヒイロに恐怖すら覚えたレミーが、ヒイロの気迫《きはく》に押される形でもう一つの木箱を開ける。するとそこには、1センチほどの黄色っぽい粒《つぶ》がギッシリと詰まっていた。

「おおおおっ！　やはりそうでしたか、紛《まご》う事《こと》なき米です。玄米のようですが、この世界で精米まで求めるのはやはり贅沢《ぜいたく》ですかねぇ」

「ヒイロさん……なんでそんなに詳《くわ》しいんですか？　コメもショウユもミソも、ギチリト領の外にはあんまり出回っていない筈《はず》ですけど……」

久しぶりに出会ったソウルフードを前にして、テンション上がりっぱなしのヒイロ。レミーが恐縮《きょうしゅく》しながらももっともな疑問を投げかけると、文字通り小躍《こおど》りしていたヒイロがその動きをピタリと止める。

「ふむ……その答えはギチリト領の領主様に会った時に説明しましょう。という訳で、これから領主様に会いに行きましょ……うぐむっ！」

このままレミーを引き連《つ》れてすぐにでもギチリト領に行きかねなかったヒイロの首根っこを、いつの間にか彼の背後にいたバーラットが引《ひ》っ掴《つか》んだ。

「ヒイロ、お前。この間の俺の話を聞いていなかったのか？」

「……王様からお呼び出しがあるかもしれないという話ですか？」

首根っこを掴んだままヒイロを宙吊《ちゅうづ》りにし、自分の方へとその顔を向かせたバーラット。彼が凄《すご》みながら言い聞かせると、ヒイロは不満そうに顔を歪《ゆが》めた。

「そうだ。分かってるじゃないか」

「しかし、あれは十五日も前の話じゃないですか。もう呼び出しは無いんじゃないですか？」

ヒイロの言い分に、バーラットは小さくため息をつく。

「あのなぁ、こっから首都までは普通に旅をすると七日から八日はかかるんだよ。王子達が帰りつき、状況を確認してからこっちに使いを出したとしても、早くて今日辺り、遅《おそ》ければあと十五日は待たんといかん」

「ええっ！　そんなになにですか？」

驚くヒイロにバーラットが「そんなになんだよ」と答えた時、玄関の方からノッカーが叩《たた》かれる音が響いた。

「あら、レッグスさん達かしら」

いそいそと玄関へ向かうアメリアを見送って、バーラットはヒイロを下ろす。

「という訳で、頼《たの》むからもうしばらく待ってくれ」

「分かりました。でも、そちらの用件が済んだら、次はギチリト領ですよ」

ヒイロの提案に、バーラットは「う～ん」と唸《うな》り難色《なんしょく》を示す。

「なんです？　ギチリト領に行くのは何か問題があるんですか？」

「まあ、問題と言えば問題なんだが……ギチリト領はトウカルジア国の領地だからな。ホクトーリク国からSSランクの肩書きを貰《もら》ってる俺は、他国に出向く際、国に報告せんといかんのだ」

「はぁ……つまりは、やはり一度首都へと行かないといけない、ということですか?」

ヒイロの問いかけに、バーラットがコクリと頷《うなず》いてみせたところで、アメリアがリビングに戻ってきた。

「お、アメリア。誰だった?」

「ギルドからの使いだったわ。ギルドにこの間の立て替え金と、この封書《ふうしょ》が届いたって」

そう言ってアメリアは一通の手紙をバーラットに手渡した。

彼女が言っていた立て替え金とは、先日この国の第二王子フェスリスが訪れた際、ヒイロの持つエンペラーレイクサーベントの牙を、王子の代理としてバーラットが買い取った時の金のことだ。

バーラットは手紙を受け取ると、豪快《ごうかい》に封書を破《やぶ》りその中に入っていた手紙に目を通す。そこに書かれていた内容は、牙の提供者と連れて、王都に出頭《しゅっとう》するように、というものだった。

「ふむ……思ったより対応が速かったな。こりゃ、牙の出所《でどころ》の件以外にも何かやらせるつもりなのかもしれん……」

国がとった迅速《じんそく》な対応の裏に、何かしら思惑があると踏《ふ》んで苦笑《にがわら》いを浮かべるバーラットだったが、そんな彼にヒイロが微笑《ほほえ》みかける。

「では、さっさと首都に行ってバーラットの出国許可を貰いましょう」

「おいヒイロ……首都に行く目的がすり替わってしまってるぞ」

首都で起こるであろう厄介《やっかい》ごとよりも、ギチリト領行きで頭が一杯になってしまっているヒイロに頭痛を覚えたバーラット。彼は額《ひたい》に手を当てつつも、気持ちを切り替えて首都行きの具体的な話を始める。

「さて、首都への道程《みちのり》についてだ。とりあえずここから北上する街道《かいどう》を使うのが最短距離《きょり》だな。だから、その街道を使うつもりなんだが……」

「ちょっと待ってください」

バーラットが首都への道順を説明し始めると、ヒイロが待ったをかけた。

「ここから北上ということは、道程はほぼ平野か山ということになりますよね？」

「そうだな。ほぼ平野だ」

「……すみません。一度、海へ行ってみたいのですが」

レミーが醤油と味噌を手に入れたことで、ヒイロは頭の中でそれらを最大限に生《い》かす算段を着々と整《ととの》えていた。

（醤油にはやはり海産物ですよねぇ……それに、日本食を作るとしたら出汁《だし》は欠かせませ

ん。きのこ類で取った出汁も悪くはありませんけど、出汁といえば海産物です）

と、ヒイロは海への憧《あこが》れを膨らませていた。

「ふむ……海か……東の山を越《こ》えれば海へと出られるのだが、遠回《とおまわ》りになるんだよな。それに、そのルートの街道には一つ問題が……」

「問題とは？」

海と聞いて渋《しぶ》い表情で言葉を零《こぼ》すバーラットに、ヒイロは首を傾《かし》げる。

「東の山を越えた先にはクシマフ領最大の港街、キワイルの街がある。しかしそこから北へと続く街道は、今現在封鎖《ふうさ》されているんだ」

「封鎖……ですか？　何でまたそんなことに？」

「理由は不明だが、キワイルの街から北に二、三十キロほど進んだ海岸沿いで、五年ほど前から突然瘴気《しょうき》が発生し始めてな。別にその中を進めんわけではないとはいえ、瘴気は長い時間浴《あ》びていると人体に影響を与えるし、魔物……特に妖魔《ようま》なんかを引き寄せる。だから、危険だということで現在は封鎖されているんだ」

「あー……邪妖精《じゃようせい》なんかもいそうだね」

バーラットの話を聞き、ヒイロの肩に乗っていたニーアが露骨に顔をしかめる。

「ふむ、でも迂回路《うかいろ》はあるんですよね」

「そりゃああるだろうが、街道ではないから移動中の危険度が高くなるぞ」

「危険ですか……このメンバーで危険だと感じるほどなんですか？」

ヒイロにそう言われ、バーラットはリビング内を見回す。

自分にヒイロ、それと魔法の補強《ほきょう》を行なったニーアに、まだまだ実力が未知数のレミー。不確定要素はあるが、自分とヒイロがいるだけでも、危険だと思うようなことはまずないだろうと結論付け、バーラットは苦笑いを浮かべた。

「確かに、危険ではなさそうだな……」

「でしょう。でしたら、そちらのルートを通って行きましょう。別に城からの通達に、急げとは書いてなかったんですよね」

「まあ、そうだな」

「ええっ！」

そうしてヒイロがバーラットを押し切りそうになったその時、床に置いた木箱の側《そば》で何やらやっていたレミーが大きな声を上げた。

第2話　首都行きの準備を着々と

皆がレミーへと視線を集中させるが、大きな声を上げた自覚が無いのか、彼女は視線に気付かずに、皆に背を向けたまま俯《うつむ》いて何やらやっていた。

「……レミーさん？」

「えっ？　はい、何ですかヒイロさん」

控《ひか》えめにヒイロが呼び掛けると、一瞬ビクッと肩を震わせた後、レミーはゆっくりと振り返る。

「何をなさってたんですか？」

「荷物と一緒に家族からの手紙が入っていたので、それを読んでいたのですが……」

「ほう、家族からの手紙ですか、それはいいですねぇ。それで、家族の皆さんはお元気でしたか？」

「はい。両親も六人の兄妹《きょうだい》達も皆元気です！」

「六人！　……それはまた大家族で……」

嬉《うれ》しそうに家族のことを語るレミー。それを聞いたヒイロは、彼女の兄妹の多さに驚きながらも言葉を続ける。

「ところで、先程随分《ずいぶん》と驚いていたようですが、御家族に何かあったのではないとすると一体、何を驚いていたんです？」

「えっ？　もしかして声に出てましたか？」

「ええ、それはもう、大きな声を」

ヒイロがそう言うと、レミーは顔を赤らめ恥《は》ずかしそうに頭を掻《か》きつつ、口を開く。

「実は、私の姉が領主様の下《もと》でメイドをしてるのですが、その姉が実家に帰省《きせい》した折に心配事を両親に漏《も》らしたそうなのです」

「ほう、心配事ですか……」

「はい。何でも、領主様と奥様がおかしくなってしまったのではないかと、今メイド達の間でまことしやかに囁《ささや》かれているみたいで……」

「おかしくなった？」

不穏《ふおん》なワードを聞き、今まで黙《だま》って聞いていたバーラットやニーアも身を乗り出してくる。

「こんなこと、他国で口にしてはいけないのでしょうが……」

「ああ、心配するな。確かに自国の領主のがおかしくなったなんて情報、他国で喋《しゃべ》るものではないだろうが、俺達はそれを漏らすつもりは無い」

口籠《くちご》もるレミーに、先を早く促《うなが》そうと約束するバーラット。それに追随《ついずい》するようにヒイロとレミーが頷くと、立場上得た情報をギルドに報告しないといけない可能性のあるアメリアは、気を遣《つか》って立ち上がった。

「私は……朝食の準備をしてきますね」

アメリアがそう言って部屋から出たのを確認し、レミーは意を決して続きを話し始めた。

「実は、メイドの一人が見てしまったそうなんです――」

三人が固唾《かたず》を呑《の》んで見守る中、レミーは悲痛《ひつう》な表情を浮かべつつ言葉を続ける。

「――領主様と奥様が、人目を避《さ》けるようにして、夜《よ》な夜《よ》な豆を藁《わら》に入れて腐《くさ》らせるという奇行《きこう》を続けているところを！」

「それは……」

「う～ん、もしかして呪術の一種？」

想像しただけで悍《おぞ》ましい領主達の行動を聞き、バーラットは言葉を詰まらせ、ニーアは怪《あや》しげな儀式《ぎしき》を連想する。

そんな二人にレミーは畳《たた》み掛けるように話を続けた。

「二人とも、それはもう楽しそうに糸を引くほど腐らせた豆を観察しているらしく、その光景を見たメイドは、恐ろしさのあまり寝込んでしまったそうです！　領主様と奥様はおかしくなってしまったのでしょうか？」

領主の奇行について、他の三人が互いに意見を述べ合う中、一人その行動理由が理解できてしまったヒイロは、頬《ほお》をポリポリと人差し指で掻きながら苦笑いを浮かべていた。

（領主様……アレをお作りになる気ですか。アレは小さい頃から慣れ親しんでいなければ、抵抗感が半端《はんぱ》ない気がするんですけどねぇ……隠《かく》れて作ってるとなると、個人的に楽しむつもりなんでしょうか。しかし、奥方も楽しそうにその作業をしているということは、奥方もしかして……）

　ヒイロはそこまで考えて、これ以上は直接会ってみないと分からないと判断する。そして「もしかして邪神《じゃしん》を呼ぶ為《ため》の儀式では？」という意味不明な所まで発展してしまった三人の会話に待ったをかけた。

「あー……その行動に関しては思い当たる節《ふし》があります。おかしくなった訳でも、邪《よこしま》な儀式でもありませんので、心配しないようにお姉さんに教えてあげてください」

「えっ！　そうなんですか？」

「はい。理由を知ったら何でも無いものなんですが、領主様が周りの人に言っていない以上、私の口からは言えませんので、問題は無い旨《むね》をお姉さんにお伝えください……まぁ、聞いたら聞いたで引くかもしれませんが……」

　後半部分は聞こえないようにボソッと呟《つぶや》いたヒイロ。彼の言葉にレミーは胸を撫《な》で下《お》ろすと、返事の手紙を書いてきますと言って、早速自室へと走っていった。

　その後ろ姿を家族を持たないヒイロは微笑ましく見つめる。

「そういえば、バーラットの家族は御健在《ごけんざい》なんですか？」

　ふと、こんな大きな屋敷にアメリアと二人で住んでいたバーラットの家族のことが気になり、ヒイロの口を衝《つ》いて疑問が飛び出す。

「ふむ、家族……か。お袋《ふくろ》は十二の時に亡《な》くなったが、親父は健在で今は首都にいる」

「ほほぉ、首都にお父上が……でしたら今回、首都に行ったついでにお会いになるんですか?」

ヒイロにそう聞かれ、バーラットは表情を渋いものに変えた。

「親父に会う、か……まぁ、それは避けては通れない道なんだよな。俺的には会いたくないんだが……それよりも、ヒイロはどうなんだ? 故郷に家族を残してたりしないのか?」

バーラットにとって、父親のことは話したくないことのようだ。露骨《ろこつ》に話の内容をそらされたヒイロは、苦笑いを浮かべながら口を開いた。

「私は二十歳の頃に両親を事故で亡くし、兄弟もいませんから天涯孤独《てんがいこどく》なんですよ」

「そうか……それは悪いことを聞いたな」

「畏《かしこ》まるのはやめてください。私だってバーラットのお母様のことを聞いたのです、おあいこですよ。それに、亡くなった親のことで人に恐縮されるのはバーラットも嫌でしょ」

「そう……だな」

「食事の用意ができましたよ」

少ししんみりしつつ、待つこと暫《しば》し。アメリアと手紙を書き終わったらしきレミーが、料理の載《の》ったお盆片手に陽気《ようき》に入ってくる。それを見た二人は、辛気臭《しんきくさ》いのは柄《がら》ではないと、互いに顔を見合わせ、肩を竦《すく》め席に着いた。

パンやスープ、果物といったこの世界でポピュラーな食事がテーブルの上に並べられ、いただきますの号令とともに食事が始まる。すると、レミーが小さく千切《ちぎ》ったパンを口に運《はこ》んでいるのを見て、ヒイロが思い出したように言葉を発した。

「前から思っていたのですが、レミーさんって小食なんですね」

「そうですか？　普通だと思うんですけど。逆に食べ過ぎると動きが鈍《にぶ》くなりますし……」

「私の知ってる限り、忍者は大概大食漢《たいがいたいしょくかん》だったんですけどねぇ」

勿論《もちろん》、ヒイロの現実の知り合いではなく、昔アニメで見たキャラクターの話だ。

「そうなんですか！　大食漢の忍者なんて聞いたことありませんでしたけど、動きを維持したまま食《く》い溜《だ》めする技法でもあるんでしょうか？」

「う～ん、どうなんでしょうか？　食べた直後でも結構いい動きをしてたような気もしますが……」

ヒイロは冗談半分で話を振ったのだが、レミーがあまりにも真剣に話に食いついてきたので、そのままアレコレと話を合わせていると、それを黙って聞いていたバーラットが口を開いた。

「何の話をしてるのかよく分からんが、出立《しゅったつ》は明日の朝に決めたから食事が終わったら旅の準備をしといてくれ」

「ええっ！　明日の朝に出発なんですか！」

突然の発表に、フォークを咥《くわ》えながらウンウン考えていたレミーが、見開いた目をバーラットに向けすっとんきょうな声を上げる。

「うぅ～、せっかくショウユとミソ、それにオコメを送ってもらったのに……」

「何をそんなに落胆《らくたん》してるのレミー」

明らかに肩を落とすレミーに、食卓の上で足を伸《の》ばして座り、ヒイロに千切ってもらったパンのかけらを頬張《ほおば》っていたニーアが小首を傾げる。

「故郷を出て半年、やっと定住場所が見つかって送ってもらった故郷の味なんですよ。それがまたお預けになるなんて……」

「お預けって……そんなに食べたいなら持ってけばいいじゃん」

そんなニーアの言葉にも、レミーは力なく首を横に振る。

「あんなにかさばる物、旅に持っていけないですよ」

「私が持っていきますよ」

「えっ！」

ビックリして視線を向けてくるレミーを尻目《しりめ》にヒイロはやおら立ち上がると、リビングの壁際《かべぎわ》に置いていた二つの木箱をひょいひょいとマジックバッグ経由で時空間収納にしまい込んだ。

「いいんですかヒイロさん？　貴重《きちょう》なマジックバッグの容量を私の調味料とオコメなんかに使ってしまって」

ヒイロが使っているのが容量制限のあるマジックバックではなく、彼が【全魔法創造】で作り出した容量無制限の時空間魔法だと知らないレミーは、申し訳なさそうな顔をする。

しかしそんな彼女の様子に、ヒイロはとんでもないとばかりに目を見開く。

「なんか、ではありませんよ。こんな素晴らしい調味料とお米、せっかく海岸ルートを通るのですから持ってかない手はないでしょう！　その代わり、調味料とお米を私にも食べさせてくださいね」

「あっ、はい。それは構いませんのでよろしくお願いします！」

力説しつつ、どさくさに紛《まぎ》れてちゃっかり食べる許可を貰おうとするヒイロに、レミーは嬉しそうに返事をするのだった。


朝食が終わると、バーラットは「旅の準備をしてくる」と告《つ》げ屋敷を出ていく。その後ろ姿を「お酒を補充《ほじゅう》してくる気ね」と呆《あき》れ気味に呟きながら見送ったアメリアが、ヒイロの方に向き直った。

「ヒイロさん、ニーアちゃん。悪いんだけどこれから一緒に冒険者ギルドに来てもらえるかしら」

「別に構いませんが、アメリアさんは今日は非番だったのでは？」

ヒイロの疑問に、アメリアは頬に手を当てて、困ったような表情を浮かべた。

「う～ん、そうなんですけどね。ヒイロさん達がこの街を出る前に、冒険者のランクを上げておきたいと思いまして」

「冒険者のランクを?」

突然のアメリアの申し出にヒイロが驚くと、アメリアは苦笑いを浮かべながら頷く。

ヒイロとニーアはこの十五日間、毎日クエストをこなしていた。Gランクである二人が受けられるクエストの難易度《なんいど》はたかが知れているのだが、そのたいしたことのないクエストのついでに狩《か》ってくる魔物がとんでもなかった。

二人が狩ってくる魔物は平均でランクC。以前コーリの街の近くで狩ったことのあるディザスターモウルも、ヒイロとニーアだけで行動するようになってから二匹狩っている。

さらにレミーをパーティに加えてからは、コーリ周辺で最強である鎧《よろい》を着たサイのような外観《がいかん》を持つ魔物、ランクBのアーマードライナセラスを五匹纏《まと》めて狩ってきたこともあった。その時には、報《しら》せを受けて様子を見に来たギルドマスターのナルステイヤーが、素材を前にしてあんぐりと口を開けたまま呆然《ぼうぜん》としていた。

ゲテモノダンジョンにヒイロが入り込んだ一件以降、ヒイロ達の魔物の換金《かんきん》はアメリアが担当している。しかしヒイロ達が旅立てば、素材の換金は旅先の冒険者ギルドで行われることになる。

ナルステイヤーとアメリアはそれを危惧《きぐ》していたのだ。

「ほら、ヒイロさんて能力値だけを見たらGランクじゃないですか」

「ええ、そうみたいですね」

「でも、実力は確実にAランクなんです。ですからギルマスと、ヒイロさんのランクをどうするかずっと検討していたのですが、やっぱりGランクのままではまずいということになりまして……」

「まずいのですか？」

　特にランクには拘《こだわ》っていなかったヒイロがそう尋《たず》ねると、アメリアは重々しく頷く。

「ええ。仮にヒイロさんの実力に他の街のギルド職員が気付いたとします。その場合、二十日ほど滞在《たいざい》していたのにもかかわらず、コーリの街の冒険者ギルドは何故《なぜ》、ヒイロさんの実力を見抜けなかったのか、という話になるのです」

「つまり、自分達の所にいる冒険者の力量を正確に把握《はあく》できないというレッテルを貼《は》られる訳ですか」

「ご明察《めいさつ》です。しかし、実力通りにAランクにしますと、能力値だけを確認された際に、何故コーリの街の冒険者ギルドはこんなに低い能力値の者をAランクにしたんだ？　という疑惑《ぎわく》を持たれてしまうのです」

「なるほど、それは難《むずか》しい問題ですねぇ」

　まるで他人事《ひとごと》のように自分を心配するヒイロを見て、アメリアの肩が目に見えてガクッと下がった。

「できればコーリの街以外では、バーラットの陰《かげ》に隠れて大人しくしていただければ助かるのですが――」

言いながらアメリアはヒイロを見たが、普通なら命懸《いのちが》けの稼業《かぎょう》である筈の冒険者を心底楽しんでいるこの無邪気《むじゃき》なオジさんには無理な相談だろうなぁと、大きなため息をついた。

「うーん、アメリアさんに迷惑《めいわく》はかけたくないので、努力はしてみますが……」

「多分無理でしょ」

ヒイロの言葉に被《かぶ》せて、ニーアが容赦《ようしゃ》無く一刀両断《いっとうりょうだん》する。

ヒイロはそんなことはないと非難《ひなん》の視線を彼女に向けるが、ニーアは同意見のアメリアとアイコンタクトを取り、二人で仰々《ぎょうぎょう》しく頷き合った。

「まあ、ギルマスとも同意見でしたので、とりあえずどちらの状況になっても言い訳の立つCランクに上げようという話になったんです」

「……信用無いんですね、私」

ヒイロが何かやらかすのを確信しているアメリアの言葉に、ヒイロはやや落ちながらそう返す。

「金属並みの強度の皮膚《ひふ》を持つ、しかも五《ご》メートル超えのアーマードライナセラスを、もののついでで拳《こぶし》一つで倒してしまうんですから、絶対に目立つことになりますよ」

「あの魔物は斬撃《ざんげき》よりも打撃の方が有効なだけなんですけどねぇ」

「そうですけど、普通はハンマーやメイスを使います。あれを素手《すで》で倒すのはヒイロさんぐらいですよ」

呆れた様子でアメリアが言うと、ヒイロは困ったように返す。

「私の場合、私が武器を持つことを周りが反対するんです」

「まあ、ランクを上げてくれるって言ってるんだからいいじゃない」

またヒイロが武器を持ちたいなんて言い出すのではないかと懸念《けねん》したニーアの言葉に、

「悪いことではありませんものね」とヒイロが簡単に同意し、ニーアは胸を撫で下ろした。

ちなみに『ヒイロが武器を持ったら、振り回して近くを飛んでいるぼくをはたき落としそう』というのが、ニーアの見解《けんかい》である。


ギルドでランクを上げてもらった帰り道、夕食の買い物をするというアメリアと別れたヒイロとニーアは、大通りに面した店である物を見つけ足を止めた。

「……何故こんな物がこんな所に？」

そこは冒険者向けの品物が置いてある店だったが、その品物はその店には不似合《ふにあ》いに思える。

それをヒイロがしげしげと見つめていると、店主らしき老人がヒイロに近寄ってきた。

「それが気になるかい？」

「ええ、とても気になります」

失礼だと思いながらも、ヒイロはソレから目をそらさずに答える。

ヒイロがそれほどまでに目を奪《うば》われたのは、明らかに土を焼いて作ったと思われる土鍋《どなべ》と七輪《しちりん》。この世界で鉄製の鍋しか見たことのなかったヒイロにとって、とても珍しい物だった。

「そいつはトウカルジア国のギチリト領から帰ってきたドワーフの作品なんだが、ご覧《らん》の通り耐久性の無い調理器具でな。全く売れん」

「でしょうね。重いし、かさばる上に割れやすいのでは冒険者向きではないでしょう。しかし、ギチリト領帰りのドワーフとは、一体どういうことです？　ドワーフとは、そんなにあっちこっちに居《きょ》を変えるものなのですか？」

「いや、そんなことはない。ただ、数年前、ギチリト領で新たに美味い酒が作り出されたという噂《うわさ》が広まってな。酒好きのドワーフが何人か、その噂につられてギチリト領に渡ったのだが、最近になって帰ってきた一人がこんなけったいな物を作り始めたのさ。そのドワーフは今度はカタナとやらを作ると息巻いて、新たに炉《ろ》を作ってるって話だ」

「ほほぉ、刀をですか……」

店主の説明に、ヒイロは頷きつつ言葉を返す。

（そういえば、レミーさんの得物《えもの》も小刀でしたね。鍛冶《かじ》の名人ドワーフが作る刀……一度見てみたいものですねぇ。しかし、今はこれです。せっかく出合ったのですから、手に入れない手はないですね）

そう考えたヒイロは一人ほくそ笑むと、土鍋と七輪を指差しつつ店主へと目を向けた。

「ご主人、これをもらえますか？」

「おいおい、お前さん冒険者だろ。儂《わし》が言うのも何だが、これは本当に冒険者には不向きだぞ」

「構いません。ドワーフの作なら確かな物でしょうし、私には必要な品物ですから」

ヒイロはそう言うと土鍋と七輪を買い取り、ホクホク顔で帰路《きろ》についた。

第3話　Aランクの冒険者達は相変《あいか》わらず

時は少し遡《さかのぼ》り、その日の日中、コーリの街周辺の山中。

とあるパーティの面々が、この辺り最強の魔物、アーマードライナセラスを前にして臨《りん》戦《せん》態勢をとっていた。

彼らの対峙《たいじ》するアーマードライナセラスは、体長三メートルほどの巨体に、灰色の金属鎧にも似た皮膚を持ち、鼻先には巨大な一本の角《つの》を有している。

その、いかにも強そうな姿に、四人のパーティは緊張《きんちょう》しながら間合《まあ》いを徐々《じょじょ》に詰めていた。

「気をつけろ、こいつには刃物は効きづらい。俺が何とか食い止めるから、その隙《すき》に魔法で仕留《しと》めてくれ」

バスタードソードを構え、パーティのリーダーであるレッグスがそう言って前に出ようとすると、それを遮るようにして、全身鉄の塊《かたまり》といった風貌《ふうぼう》の小柄な戦士が前に出た。

「テスリス！　邪魔《じゃま》だ！　このパーティの前衛《ぜんえい》は俺って決まってるんだよ」

レッグスはそう言って、自分の更に前に出ようとした戦士――テスリスの肩を掴み背後に押し退《の》けようとする。しかし彼女はレッグスを肘《ひじ》で後方に押し返して、最前線のポジションを死守《ししゅ》した。

「おい！　何すんだよ！」

その小柄な体格からは想像も及《およ》ばない力で背後に押され、数歩よろめくように後ずさったレッグスが文句を言うと、テスリスは小馬鹿にしたように肩を竦めた。

「お前はアホか？」

「なっ！　アホだとぉ」

「ああ、アホだ。こんな突進力のある魔物を相手取るなら、私みたいに防御力の高い者が前に出て壁《かべ》になる方がいいに決まってるだろ」

「はっ、突進力のある奴には身軽に対処できるタイプの前衛の方がいいに決まってるじゃねえか」

テスリスの言い分にレッグスがすかさず言い返し、二人は顔を近付けていがみ合う。そんな二人に、後方から忠告が飛んだ。

「二人とも何をしてるんです！　今が戦闘中だと分かっているんですか？」

魔道士のリリィの怒りと苛立《いらだ》ちが込められた言葉に、二人が思い出したように同時に正面《しょうめん》を振り返る。すると彼等の眼に映ったのは、アーマードライナセラスが鼻先に付いた角をこちらに向けて突進してきている光景だった。

「おおおっ！　こっちは取り込み中なんだから、少し待ってくれよ！」

「ふん、魔物がそんな気を利《き》かす訳がないだろう」

目前に猛然《もうぜん》と迫《せま》るアーマードライナセラスに、レッグスは驚きながらも脇《わき》に飛び退いて進行方向から身を躱《かわ》す。一方テスリスは、その場でどっしりと構えて愛用の戦斧《いくさおの》を水平に両手で持ち、受け止める姿勢を見せた。

そしてその刹那《せつな》――

ギシィッ！

金属音にも似た衝突音《しょうとつおん》とともに、アーマードライナセラスの角とテスリスの戦斧の長い柄がぶつかり合う。そして魔物の突進に押されてテスリスが足を踏ん張りながら、後方へと押されていく。

「だから言わんこっちゃない。お前のちっこい身体《からだ》じゃ、どだい壁役なんて無理なんだよ！」

アーマードライナセラスに押されていくテスリスに並走《へいそう》しながら、レッグスが悪態《あくたい》をつきつつ魔物の装甲《そうこう》の隙間《すきま》を狙《ねら》って剣先を突き立てる。しかしその剣先はアッサリと弾《はじ》かれた。

「くそっ！　やっぱり走りながらじゃ力を乗せらんねぇ」

「攻撃が効かないのは、体勢のせいじゃなくて単に非力だからじゃないのか？　それとちっこい言うな！」

愚痴《ぐち》るレッグスをテスリスが小馬鹿にしていると、アーマードライナセラスは角を少し下げる。そしてその先っぽを戦斧の柄に引っ掛け、そのまま首を上方に振って戦斧ごと彼女を空へと放り投げた。

「へっ？　きゃぁぁぁぁ！」

レッグスに気を取られていたテスリスは、押されていた力が急に消えたと同時に浮遊感《ふゆうかん》を味わい、普段の口調《くちょう》からは想像できない年相応《としそうおう》の悲鳴を上げながら、弧《こ》を描《えが》いて後方に飛んでいく。

「テスリス！　チクショウ、やりやがったな！」

普段は憎《にく》まれ口を叩き合っている二人だったが仲間意識はあったようで、テスリスが飛ばされたのを見たレッグスは怒りを露《あら》わにして装甲の無い目を剣先で突いた。

――ブギャァァァ！

アーマードライナセラスは片目に激痛《げきつう》をうけて咆哮《ほうこう》とともに暴《あば》れたが、レッグスはそれに負けじと踏ん張りながら更に深く突き入れようとする。

「テスリスのカタキ！」

「いや、死んでないから」

レッグスの気合《きあい》のこもった叫びに、地面に叩きつけられた後のそのそと立ち上がったテスリスを確認して、リリィの兄バリィが冷静に突っ込む。

「おのれ……よくもやったな！」

立ち上がったテスリスは、地面に衝突した衝撃《しょうげき》で顔を覆《おお》っていた兜《かぶと》が脱《ぬ》げており、怒りに歪めた端整《たんせい》な顔が露わになっている。そしてアーマードライナセラスを睨《にら》みつけると、戦斧を振り上げ、美しい金髪をなびかせながら再び魔物に突っ込んでいった。

「なんかカオスね。パーティの連携《れんけい》なんてあったものじゃないわ」

レッグスと一緒になってアーマードライナセラスをタコ殴《なぐ》りしているテスリスを見ながら、リリィがため息混じりに呟くと、隣《となり》に立つバリィが小さく肩を竦めた。

「前から俺達はしっちゃかめっちゃかに戦ってたけど、テスリスが参入してその傾向が更に強くなったよな。でも、パーティとしては弱くはなっていないんだよ」

「単純に個の力で押し通してるだけよ……ってことで、私も個の力でこの戦闘を終わらせます」

「えっ？　リリィ、一体何をする気だ？」

不安げな兄の言葉を無視して、リリィはレッグスとテスリスが纏わり付いているアーマードライナセラスに手の平を向ける。

「おい、ちょっと待て、それはまずいって！」

「ブリザード！」


「うう～寒い……」

「酷《ひど》いぞリリィ」

陽気な陽射《ひざ》しの中、レッグスとテスリスは両手で肩をさすりながら焚《た》き火《び》にあたっていた。

その横には、半分凍《こお》り付いたアーマードライナセラスが横たわっている。

「元々、アーマードライナセラスは冷気系の魔法に弱い魔物でしょう！　レッグス達が足止めして、私が魔法を使えばすぐなのに、いがみ合っていつまでもダラダラと対抗意識を燃やしていた貴方達《あなた》が悪いんです」

リリィにキッパリと言い切られ、レッグスとテスリスはショボンとして黙り込んでしまった。そんな二人の様子に、バリィがクスクスと笑いながら口を開く。

「そういえば、ヒイロさん達もこの間アーマードライナセラスを仕留めたって言ってたな」

「ええ、私も聞きました。何でも、突っ込んできたアーマードライナセラスの角を片手で掴んで突進を止めて、もう一方の手で横っ面《つら》を殴って一発で仕留めてしまったと。ニーアが自分のことのように自慢《じまん》げに言ってましたね」

その時の様子を想像しているのだろう、ウットリとして語るリリィに、バリィはウンウンと頷く。

「やっぱり、ヒイロさんは前衛としても優秀《ゆうしゅう》だよな」

肯定《こうてい》を求めるように、バリィが自分達の前衛二人にそう話を振ると、二人はみるみるうちに不機嫌《ふきげん》そうに仏頂面《ぶっちょうづら》になった。

「あんなのと一緒にされたら、前衛職はたまったもんじゃない」

「そうだ、テスリスの言う通り。前衛職として目指すなら、やっぱりバーラットさんだよ」

レッグスの言葉に、テスリスが満足そうに首を縦《たて》に振る。

「うむ、その通りだ。レッグスもたまにはいいことを言う。やっぱり前衛なら、バーラット殿《どの》のようにどっしりと構えて何事も冷静に対処する姿勢を目指すべきだ」

「だよな。ヒイロさんは強いけど、どことなく落ち着きがないからなぁ」

バーラット贔屓《びいき》の二人が珍しく息の合った掛け合いを見せていたが、それも長くは続かなかった。

「バーラット殿といえばハイパワーと強固《きょうこ》な肉体を駆使《くし》した力押し。前衛ならやっぱりそういうスタイルを目指すべきだ」

テスリスのドヤ顔《がお》の言葉に、レッグスがビクリとこめかみを震わせながら顔をしかめる。

「ちょっと待てテスリス。バーラットさんの持ち味は、その場の状況に応じて臨機応変《りんきおうへん》に対応する柔軟性《じゅうなんせい》と技術力だろ。力押しなんて、バーラットさんをよく見てない証拠《しょうこ》だ」

「なにをぅ？　お前こそ何を言っている。バーラット殿にそんなチマチマした芸当が似合うと思っているのか？」

「はっ！　これだからニワカは……」

レッグスが呆れたように嘆息《たんそく》すると、テスリスは頬を引《ひ》き攣《つ》らせつつ彼を睨みつける。

さっきまで仲良く話していたのに、すぐに喧嘩《けんか》を始めてしまった二人に、バリィとリリィは呆れていた。しかし、リリィがふと思いついて口を挟《はさ》む。

「だったら、どちらの印象がより本来のバーラットさんに近いのか、これから直接会いに行って確かめればいいじゃない」

突然のリリィの提案に、レッグスとテスリスは互いに睨み合ったまま、やがて望むところだと言わんばかりに頷き合う。しかし、リリィに続けたバリィの何気無《なにげな》い言葉でバーラットの屋敷に向かう理由がガラリと変わってしまった。

「そういえば……バーラットさん達、近々ここを離《はな》れるって話があったな」

「何ですって！　ヒイロ様がコーリの街を離れるですって！」

バリィが冒険者ギルドで得てきた情報に一番食い付いたのはリリィ。

リリィはバリィの胸倉《むなぐら》を掴み、前後に揺《ゆ》さぶりながら問《と》い質《ただ》す。

「うぐぅ……ああ、本当だ」

バリィが揺さぶられながらも何とか答えると、リリィはそんな兄を放り投げレッグス達に向き直る。

「こんなことをしている暇《ひま》はありません！　スレインとスティアにも伝え、早くバーラットさんの屋敷に行くわよ――」

レッグスの弟と妹の双子《ふたご》まで連れていくというリリィの剣幕《けんまく》に気圧《けお》され、レッグスとテスリスは仲良く頷いた。

夕日が西に沈《しず》みかけ辺りが暗くなり始めた頃、ヒイロはバーラット邸《てい》のリビングから庭に出て、七輪に火を熾《おこ》していた。

円柱状の七輪の中で黒い炭が所々赤く染《そ》まるのを、しゃがんで微笑みながら見ているヒイロ。その背後にやってきたバーラットが、興味深そうにヒイロの肩越しに七輪の中を覗《のぞ》き込《こ》んだ。

「何をやってるんだヒイロ?」

「七輪の火を熾《おこ》しているんです」

「シチリン? 聞いたことがないな。見たところ携帯《けいたい》用のコンロに似ているが……なんか持ち運びづらそうだな」

「そうですね。ですけど、炭で焼くと、なんとなく美味しくなるような気がしませんか?」

ヒイロの言葉にバーラットは眉をひそめる。

「そうか? 炭で焼こうが魔法で焼こうが、味はあまり変わらん気がするが……」

「実際、食材によっては炭焼きの方が美味しいらしいですよ。私もその違いがはっきり分かるほど味覚が鋭《するど》い訳ではありませんが、要は気持ちの問題です」

「気持ちねぇ……まぁ、食いもんと酒は美味《うま》いに越したことはないからな」

「酒……ですか」

バーラットの口から酒という単語を聞いて、今度はヒイロが眉間《みけん》に皺《しわ》を寄せた。

「バーラット、今回の道中では酒で移動時間が延《の》びるなんてマネはやめてくださいね」

ヒイロが七輪の底の方の側面に付いた小窓から風を送りながらそう言うと、バーラットはそんなことは無いと鼻で笑った。

「俺が旅途中で酒を楽しむのは、時間を気にしなくていい帰り道だけだから心配するな。さすがに依頼を受けてたり、指名で呼ばれたりしているのに、その道中でのんびりなんてしねぇよ」

「そうなんですか、それはよかった」

行きだけでも予定通り進めると分かってヒイロはホッと胸を撫で下ろしたが、バーラットはそんな彼が七輪に風を送るために手にしている物を見て目を見開いた。

「おい、ヒイロ」

「何です？」

突然声のトーンを下げるバーラットに、ヒイロはいつもの調子で答える。

「その、手に持ってるもんは何だ？」

バーラットの目は、ヒイロが風を送るために持つ、鮮《あざ》やかなエメラルドグリーン色をした薄い扇型《おうぎがた》の物体に釘付《くぎづ》けになっていた。

「これですか？　エンペラーレイクサーペントの鱗《うろこ》ですよ。いやー、炭に風を送るのに丁度《ちょうど》いいんですよね」

「そんなことのために、レア素材を使うなー！」

「ふわっ！　ごめんなさい！」

　バーラットがヒイロを一喝《いっかつ》すると、丁度リビングから外へ出ようとしていたレミーが身を竦めて反射的に謝《あやま》った。突然意外な場所から謝罪《しゃざい》の言葉が出て、目を見開いたバーラットとヒイロは揃《そろ》って横を向く。

「ああ、すまんレミー、お前を怒鳴《どな》ったわけではないんだ。ヒイロの奴が……」

　バーラットはそこまで言うと、レミーが持つ大皿の上に並べられた物に視線が行った。

「何だそれは？」

「これですか、これはおにぎりです。ヒイロさん、言われた通り炊《た》いたお米は全部おにぎりにしましたけど、本当に塩で握《にぎ》らなくてよかったんですか？」

　レミーがバーラットの疑問に答えつつ、ヒイロに確認を取ると、ヒイロは鱗をしまいながら満面の笑《え》みで頷く。

「はい。せっかくいい物があるのですから、これを付けて焼こうと思いまして……」

　言いながらヒイロは時空間収納から壺を二つ取り出した。

「ミソとショウユ……ああ、なるほど、焼きおにぎりですね」

　合点《がてん》がいったと頷いたレミーは、早速ヒイロの下へと駆《か》け寄り、作ってきたおにぎりに味噌と醤油を塗《ぬ》り始《はじ》めた。すると、今まで興味無さげに辺りを飛び回っていたニーアも何事かと近付いてくる。

「何？　その怪しい調味料をそれに塗るの？」

「そうですよ。味噌味も醤油味も美味しいんですから」

あからさまに不快な顔をしているニーアにそう答えると、ヒイロは七輪の上に鉄製の網《あみ》を置き、ホクホク顔で味噌や醤油が塗られたおにぎりを網の上に置いていく。

そして漂《ただよ》い始《はじ》める、味噌と醤油が焼ける香《こう》ばしい匂《にお》い。

「う～ん、食欲をそそられるいい匂いです」

「本当です。やっぱりいい匂いですよね」

立ち込め始める煙《けむり》に頭を包まれ、口内に溢《あふ》れ始《はじ》めた唾《つば》を呑み込みながら匂いを堪能《たんのう》するヒイロ。レミーも残りのおにぎりに味噌と醤油を塗りながら、目を細めてその匂いを楽しんでいた。

「ほぉ……結構いい匂いがするんだな」

「うん、何だか意外」

味噌と醤油をおにぎりに塗る作業を顔をしかめて見ていたバーラットとニーアだったが、それが焼かれて香ばしい匂いが漂い始めると、無意識に腰を屈《かが》め顔を焼きおにぎりに近付ける。

「バーラット、レッグス達が見えたけど……あら、何かしらこの匂いは……」

ヒイロ達が無言でおにぎりの焼き上がりを見ていると、リビングのドアが開きアメリア

が入ってくる。そして外に通ずるドアが開いていたために、リビング内には焼きおにぎりの匂いが漂っていた。

アメリアはその匂いに誘われるように、リビングから外へ出てヒイロ達に合流する。

「……なんとも形容しがたい、いい匂いですね」

「ふふっ、私達はこの匂いを〝香ばしい〟と言ってましたけどね」

両面適度に焼き目が付いたところで網から大皿へと降ろし、新たなおにぎりを網に載せるというヒイロの作業を、皆は文字通り固唾を呑んで見守る。しかしそこへ、廊下《ろうか》の方からドタドタとした足音が響いてきた。

「バーラット殿！　ここを離れ……むぐぅ！」

廊下で響いていた足音がリビングまで到達し、ドアが勢いよく開け放たれる。それと同時に、一番最初に入ってきたテスリスが庭にバーラットの姿を確認して詰め寄るように大股《おおまた》で近付きながら大声を出した。

しかし、そんな彼女の顔を手の平で覆い、その声を封《ふう》じて背後に押し退けながらリリィが前に出る。

「ヒイロ様！　コーリの街を離れるというのは本当ですか！」

手を胸の前で組み、悲壮感《ひそうかん》を漂わせながらリリィがそう言うと、その後からレッグスにバリィ、スレインとスティアも慌《あわ》てたように続く。

しかし、レッグスとバリィが慌てている理由はリリィとは違うらしく、レッグスはヒイロの答えをジッと待っていたリリィを押し退ける。

「ヒイロさん！　リリィ達に何とか言ってやってください。リリィの奴とスレイン、スティアが、ヒイロさんがこの街を出るなら、自分達もついて行くって聞かないんですよ！」

困り果てた顔のレッグスだったが、そもそもテスリスやリリィの言葉も、今のレッグスの悲痛な叫びも、焼きおにぎりに集中していたヒイロ達には届いていなかった。

「ごめんなさい。レッグス達が来たのを知らせに来たのに、すっかり忘れてしまって……」

アメリアが作っていた夕食と、焼きおにぎりが載った大皿がリビングのテーブルの上に並べられ、一同がテーブルの周りへと腰を下ろすと、まず始めにアメリアがレッグス達に頭を下げた。

「いえ、それは構わないのですが……！　何ですかこの、何とも言えない匂いの食べ物は」

ヒイロ達にコーリの街を離れるという情報の真偽《しんぎ》を確認しに来たレッグス達だったが、既《すで》にその視線は焼きおにぎりに集中していた。

「焼きおにぎりですけど……レッグスさん達は何か用事があってここに来たのでは？」

「まぁ、ヒイロ。それは食いながらでいいじゃねえか。まずは食事にしようや」

レッグス達に用件を聞こうとしたヒイロをバーラットが制する。実際、バーラットは早く焼きおにぎりの味を確かめたいがためにそうしたのだが、この場にいる誰もがその言葉に異論《いろん》を唱《とな》えず、そのまま食事が始まった。

「「「「「「いただきます」」」」」」

食事開始の挨拶《あいさつ》とともに、他の料理には目もくれず、全員の手が一斉に焼きおにぎりに伸びる。

（あぁっ！　あっという間に無くなってしまいました……まあ、まだまだ米と味噌、醤油はありますし、旅に出た後で存分に味わえばいいですね）

焼きおにぎりを一口頬張り、目を見開いた後で口元を綻《ほころ》ばせる一同を見渡して、ヒイロは美味しく思ってもらえるのならそれでいいかと笑みを零した。

「それで、レッグスさん達はどういった御用件でここに？」

食事が終わり、まだ名残惜《なごりお》しそうに大皿を見つめるレッグス達にヒイロがそう切り出すと、先陣を切ってリリィが身を乗り出した。

「ヒイロ様、コーリの街を離れるというのは本当ですか？」

「えっ？　その情報をどこから？」

驚くヒイロに、情報元であるバリィがバーラットを見る。

「バーラットさんすよ。コーリの街名物、バーラットさんの酒の大量買いが今日の午前中に行われたという話が冒険者の間で流れまして。こりゃあ、近いうちにバーラットさんがコーリの街を離れるんじゃないかって噂になったんす」

バリィの回答に、ヒイロは冷ややかにバーラットへと視線を向ける。

「バーラット、一体どれだけ酒を買えばコーリ名物なんて呼び名がつくんです？」

「そんなには買っちゃいねえよ。精々《せいぜい》、大金貨三枚分くらいだ」

（大金貨三枚……約三百万くらいですか……それは買いすぎですすバーラット）

ヒイロが呆れていると、リリィが更に詰め寄ってきた。

「で？　どうなんですヒイロ様」

「いや……確かに首都へ行きますが、大体二十日くらいで戻る予定ですよ」

「うー！　二十日とは言えヒイロ様が旅立つのです、旅先でヒイロ様が暴れるのは目に見えてます。あー！　ヒイロ様の常識外《はず》れの暴れっぷり、直《じか》に見たいです！　でも、レッグスがついて行っては駄目《だめ》と言うんです！」

そんなリリィの言葉に、レッグスが苛立ちを隠さずにため息をつく。

「当たり前だ！　Aランクの魔術士のお前に抜けられたら、その間俺達の活動はどうなるんだ！」

「そんなのスティアに任《まか》せます」

「えー……リリィ姉様、それはないです。第一、それを言うなら、お師匠《ししょう》の弟子《でし》である私がついて行くのが道理だと思います」

「そうだそうだ！　師匠の弟子の俺達がついて行くのは当たり前の権利だよな」

リリィにいきなり代役を振られたスティアは、スレインとともに自分達がヒイロについて行くべきとリリィに真《ま》っ向《こう》から対立する。

その様子に『弟子にした覚えはありません』とヒイロが嘆息し、バーラットが他人事のようにヒイロに同情していると、今度はテスリスが発言する。

「だったら、私がバーラット殿について行くのは構わないな。なんせ私は、正式なレッグス達のパーティじゃないし」

話の流れに乗っかって、どさくさ紛《まぎ》れにそう言った彼女に、リリィやスレイン達の視線が刺さる。

「何を言ってるんです！　貴女《あなた》は既にパーティの一員じゃないですか！　早くパーティに慣れないといけない貴女は、今、一番パーティから離れてはいけない人なんですよ！」

一人だけいい思いはさせないと発せられたリリィの言葉にウンウンとレッグスとバリィが頷き、テスリスは面と向かって仲間発言をされて、照《て》れ臭そうに赤面《せきめん》した。

そんな様子を見て、ヒイロはテスリスが仲間として認められたのだなと微笑《ほほえ》ましく見ていたが、ふと、先程のリリィの言葉に引っかかりを覚えてバーラットとニーアに視線を向けた。

「ところで、常識外れの暴れっぷりって……リリィさん達は私を何だと思ってるんですかね」

心外とばかりにそう同意を求めたヒイロだったが、バーラットとニーアの返答は「「その件に関してはリリィと同意見」」というものだった。

第４話　旅立ちは平穏《へいおん》とはいかず

「ふっ！」

それはレミーの短い気合の声とともに始まった。

彼女が気合とともに放った苦無《くない》が街道脇の草むらに吸い込まれると――

「ギィッ！」

苦無が当たったのだろう、草むらの中から人のものとは思えない悲鳴が響く。

コーリの街を出発した初日。夕暮れ時に差し掛かりそろそろ野営をする場所を探そうかとしていた矢先、ヒイロ、ニーア、バーラット、そしてレミーの一行は、本日三度目の戦闘へと入ろうとしていた。

「まったく、襲《おそ》ってくるのは明るい内にしてもらいたいものです。10パーセント！」

「ホントだよね。夕食の準備が遅れちゃうよ」

レミーと同じく【気配察知《けはいさっち》】でその存在に気付いていたヒイロがすかさず戦闘態勢に入り、彼の肩に乗っていたニーアは飛び立って呪文を唱え始める。

「魔物にこっちの都合を押し付けても無駄だろ。あいつらは自分の都合でしか動かん」

バーラットは特に構えることもなく、愛槍《あいそう》を肩に担《かつ》いだまま自然体で魔物が出てくるのを待った。

「出てきます」

レミーの忠告とともに全員の視線が前方の草むらへと集中する。その視線の先に現れたのは、人のように二本足で立つ、体長百五十センチくらいのクワガタだった。

「インセクトヒューマンのビートルタイプか……」

草むらから現れた魔物を見て、バーラットが呟く。

「インセクト……ヒューマン？　人ですか？　形態的にはそのまんま虫に見えますけど……ねえええええっ！」

魔物の名前に突っ込みを入れようと一瞬バーラットの方へ視線を向けたヒイロ。しかし視線を外すという行為を隙と判断したクワガタ型のインセクトヒューマンは、頭上の鋏《はさみ》を前面に向け、一気にヒイロへと突進した。

危《あや》うところで鋏を両手で掴み難《なん》を逃れたヒイロだったが、突進の勢いを止めきれず、つま先で踏ん張った足をそのままに数メートル後退させられた。

「おおおっ！　小さい割に力が強いです。それにスピードも速い！」

ヒイロが敵の膂力《りょりょく》に驚いている内に、更に草むらからカブトムシ型も含めた四匹が姿を現す。

「インセクトヒューマンはランクCだが、ビートルタイプとなると実力的には限りなくBに近い魔物だ。力が強く、速くて硬《かた》い。油断はできんぞ。ちなみに弱点は比較的柔《やわ》らかい腹だ。さっさと倒してこっちの援護《えんご》に来てくれよ」

バーラットはそう言い残すと、ニーアとレミーだけでは手に負《お》えないと判断して、新たに現れた四体に向かって駆け出した。

「腹と言われても……」

相手はハサミを突き出した状態で身を屈め、体重をかけてグイグイとヒイロを押してきている。対するヒイロは、そのハサミの先端《せんたん》を掴んで腰を落とし、相手の押してくる力をこらえているために、とても腹など狙える体勢ではなかった。

「この体勢では無理ですよね。ならば……ふんっ！」

ヒイロはハサミを掴んだまま、クワガタのインセクトヒューマンを頭上に持ち上げた。そしてそのまま後方へと倒れこむように投げる。俗《ぞく》にいうブレーンバスターである。

背中を強く地面に打ち付けたインセクトヒューマンは、すぐさま立ち上がろうと六本の足をばたつかせる。しかしそんなインセクトヒューマンを、すぐに立ち上がり相手の傍《そば》に移動したヒイロが見下《みお》ろす。

「立ち上がるスピードは、骨格的に純正《じゅんせい》のヒューマンの方が速いみたいですね」

勝利を確信したヒイロは、そのまま拳をインセクトヒューマンの腹部目掛けて振り下ろした。

「ふぅ……まずは一匹です」

インセクトヒューマンが動かなくなったのを確認して、ヒイロは残りの四匹の方へ目をやる。

そこではバーラットが槍《やり》を振るっていたが、二匹のカブトムシ型のインセクトヒューマンが器用に角を使い応戦していた。レミーとニーアは敵の周りを飛び回りながら魔法や苦無、小刀などで攻撃を加えるも、そのほとんどがインセクトヒューマンの甲殻《こうかく》に阻《はば》まれ、有効的なダメージを与えている風には見えない。

「う～む、思ったより苦戦してますね。もっとも、バーラットは本気を出してるようには見えませんけど……」

何故バーラットが本気を出していないのか疑問に思いつつ、ニーアとレミーが苦戦をしてるのは事実なので、ヒイロはすぐに走り出した。

「まったく、どれほどエネルギーを貯《た》め込めば、あんなに見事な超進化をするのやら……」

インセクトヒューマンが元々そういう魔物だと分かってはいたものの、思わず十センチほどの昆虫が巨大化する様《さま》を想像してしまい、ヒイロは苦笑いを浮かべながら戦場へと突っ込んだ。


「本当にランクCなんですか、これ？」

思いの外《ほか》苦戦しつつもインセクトヒューマンを倒した後、ヒイロは魔物の死体を時空間収納に収めながらバーラットに問い掛ける。

「コーリ周りのランクCに比べて随分と強かったですけど」

「冒険者ギルドのランク付けは、幅《はば》が広いからなぁ……インセクトヒューマンにも色々種類があってな、グラスホッパータイプやバタフライタイプなんかは間違いなくランクC程度の強さなんだが、ビートルタイプは確実にランクBくらいの強さがあると思う」

ヒイロの疑問に、バーラットは苦笑で答える。

「つまり、一纏《ひとまと》めで平均を取って、ランクCにしてるわけですか……」

「まぁ、そういうことだ。魔物も種類が多いから、ある程度一纏めにしないとギルドの方でも管理が大変らしい」

「効率化の為ですか、役所仕事ですねぇ……」

呆れながらため息をついたヒイロだったが、魔物を全て仕舞い終わり、もう一つの疑問を解決すべくバーラットの方に向き直った。

「ところでバーラット、先程の戦いでは全く本気を出してなかったみたいですが？」

「ほう……ヒイロもそのくらいは分かるようになったか」

目を見開き、大袈裟《おおげさ》に驚いてみせるバーラットに、ヒイロは嘆息する。

「茶化《ちゃか》さないでくださいよ」

「すまんすまん。まあ、ちょっと【勘《かん》】が働いて、劣勢《れっせい》を装《よそお》った方がいい気がしてな」

「勘……ですか？」

「そうだ。そろそろ苦戦したという餌《えさ》に食いついてくる奴等が……」

バーラットがそこまで言いかけたところで、側で二人の話を聞いていたレミーがいきなり街道の東の方へと視線を向けた。

「ヒイロさん、バーラットさん、前方から複数の気配が来ます。数は恐らく十を超えるかと」

レミーが警告を発しながら小刀を抜いたところで、ようやくヒイロの【気配察知】にも反応が現れる。

「これは……人、ですか？」

【気配察知】の反応が人ではないかと感じ、ヒイロは露骨《ろこつ》に顔をしかめながらバーラットを見た。

「ああ、インセクトヒューマンに標的《ひょうてき》にされないように、離れた場所で遠見《とおみ》系のスキルでも使ってこっちの様子を窺《うかが》ってたんだろうよ」

「敵……なんですか？　ただの旅人の集団という可能性は？」

「無いと思います。まだ姿が見えないくらい離れているのに、ろくに隠せてもいない雑《ざつ》な殺気をヒシヒシと感じますから」

ヒイロのわずかな期待を込めた質問が、レミーによってあっさりと退《しりぞ》けられると、バーラットは当然とばかりに頷く。

「恐らく山賊《さんぞく》だ。奴らの中には強い魔物の後をつけ、魔物が旅人を襲った後で、死んだそいつらの持ち物を労せずにいただくという、ずる賢《がしこ》い連中がいやがる」

「もし、旅人が魔物を倒しちゃったら？　旅してるのが冒険者なら、結構そういうパターンがあると思うけど」

「そういう場合は、魔物との戦闘で疲弊《ひへい》したところを間髪《かんはつ》を容《い》れずに集団で襲うんだよ。まったく、いやらしい連中だ」

ニーアの質問にバーラットは吐き捨てるように答えたが、その後に獰猛《どうもう》な笑みを見せた。

「だから、そういう連中はこういう時に叩いておくのさ」

「はぁ～……人と戦うのですか……」

戦闘意欲を高めるバーラットとは反比例するように、初めての対人戦闘を前にしてヒイロは憂鬱《ゆううつ》な気分になっていた。が、意を決してバーラットへと向き直る。

「殺すんですか？」

険《けわ》しい顔でそう質問するヒイロに、バーラットは大袈裟に肩を竦めてみせた。

「奴らの出方と腕次第だが、基本は殺さねぇよ。ギルドリングに情報が残るからな。正当防衛ならとやかく言われはしねぇが、それでも力量差があり過ぎる相手を殺すといい顔はされないんだよ」

ヒイロの余裕の無い顔を見て、バーラットは平然と嘘《うそ》をつく。

冒険者ギルドも街に駐屯《ちゅうとん》する警備《けいび》の兵も、犯罪者である山賊を殺してとやかく言うようなことは無い。実際、バーラットが今までに殲滅《せんめつ》してきた山賊や盗賊《とうぞく》は十を超えていた。

しかし、それを話せばヒイロのモチベーションが下がるだろうと考え、バーラットは今回、殺さない方針でいくことにする。

「殺さないんですか？」

ヒイロとバーラットの話を聞いていたレミーが、前方を見据《みす》えたままヒイロと入れ替わるようにバーラットの下へ後退してきて、小声で確認を取ってくる。彼女の表情からは人を殺すことへの抵抗感は全く見受けられず、その普段通りの雰囲気《ふんいき》にバーラットは思わず苦笑いを浮かべた。

「人殺しはヒイロにはハードルが高いからな」

「ヒイロさん優《やさ》しいですもんね、分かりました。私も平気で人を殺すヒイロさんなんて見たくありませんし、今回は捕縛《ほばく》の方向でいきます」

レミーはそう言うと再び前方へと戻っていった。

「今回は……か」

その言葉からレミーの本質を知ったバーラットは、彼女のパーティへの参入は、果たして本当に正解だったのかと頭を悩《なや》ませていた。

そんなバーラットとレミーのヒソヒソ話を知らないヒイロは、基本は生かす方針だと分かり、安堵《あんど》して胸を撫で下ろしながら前方に集中する。

そんなヒイロの視線の先には、既に十五、六人の小汚《こぎた》い男達の姿があった。

男達はろくに手入れもされていないレザーアーマーやブレストメイルを着込み、手には所々錆《さ》びた剣や槍、斧などを持っている。

そのゴブリン並みに小汚い姿を見て、ヒイロが眉間に皺を寄せた。

「言っちゃ何ですが、何だかみすぼらしいですね……」

敵を観察し、分析しようとしたヒイロの言葉に、レミーが頷いて答える。

「まぁ、山賊なんてあんなものですよ。山に住んでるからお風呂はたまに川に入る程度でしょうし、装備《そうび》の手入れも洗濯《せんたく》もほとんどしない人達ですから」

「汚《きたな》いよねー。あんな奴らと戦わないといけないと思うと、ウンザリするよ」

「ニーアさんはいいじゃないですか、魔法での戦闘だから近付かなくてよいのですから。私なんて主軸《しゅじく》の得物が小刀なので、否応《いやおう》無《な》しに近付く羽目《はめ》になるんですよ」

「うわー、臭《にお》いそう」

「言わないでください。気が滅入《めい》ってしまいます」

山賊達を目の前に、レミーとニーアは軽口《かるくち》をたたく。

近付いてきた山賊達は、その二人の会話が聞こえていなかったのか、彼女達の姿を見て、ニヤニヤといやらしい笑みを浮かべた。

「こりゃあ、当たりだな。若い女と妖精がいるじゃねえか。あれだけでも結構な値で売れるんじゃねえか?」

リーダー格であろう、先頭を歩いていた一際《ひときわ》体格のいい男の言葉に、いきなり仲間を値《ね》踏《ぶ》みされたヒイロとバーラットのこめかみがピクリと動いた。当の本人である女性二人も、あからさまな嫌悪感《けんおかん》を表情に出している。

「なかなかの上玉じゃないすか。女の方は勿論、売る前にお楽しみの時間があるんすよね」

「あんまり無茶はするなよ、売り物にならなくなる。お前はこの前もそうやって売れなくしただろ」

「ゲヘヘへ、おっさん二人は殺《や》っちまっていいんすよね」

「当たり前だ。あんなの誰も買わんだろ」

リーダー格の男を皮切《かわき》りに、下卑《げび》た笑みを浮かべながら好き勝手なことを言い始める山賊達を前に、ヒイロ達はますます不快そうに顔を歪めていく。とりわけヒイロはレミーとニーアを売るという言葉に、俯きながら怒りに身体を震わせていた。

そんなヒイロの姿を見て、リーダー格の男が指を指して嗤《わら》った。

「おい見ろよあのおっさん、恐怖で震えてるぞ。自分の子供くらいの女は気丈《きじょう》に武器を構えてるのに、情けねぇなぁ」

リーダー格の男の言葉で、山賊達が一斉に嘲《あざけ》り笑《わら》った。それを聞いてレミーの頬が引き攣る。

彼女は忍者学校で、挑発に乗らない精神力を身に付けている。しかし自分のことは気にならなくても、ニーアを物のように売ると言い、挙《あ》げ句にヒイロをバカにされては冷静ではいられなかった。

険しい顔で一歩踏み出そうしたレミーをヒイロが手で制する。

「ヒイロさん?」

困惑するレミーを尻目に、ヒイロは無言で静かに歩み始めた。

「おっ?　なんだおっさん。バカにされて怒ったか?」

俯きながら自分の前まで歩み出てきたヒイロを、リーダー格の男は更に嘲り笑う。

その様子に、レミーとニーアがもう我慢《がまん》の限界だと、殺しはナシだという先程の約束を忘れて殺気を漲《みなぎ》らせながらヒイロに続こうとしたが、今度はそれをバーラットが止めた。

そんなバーラットに、二人は険しい表情のまま振り向く。

「バーラットさん止めないでください」

「そーだよバーラット。こんなにバカにされたんだから、もう手を出してもいいでしょ」

「まあ、待て。先手《せんて》はヒイロに任せようじゃないか。お前らじゃ殺しかねん」

そう冷静に穏《おだ》やかな口調で語るバーラットだったが、その身体からは怒気《どき》と殺気が、視《し》認《にん》できるんじゃないかというほど濃密《のうみつ》に溢れ出ていた。

「バーラットさん……そんなに殺《や》る気《き》を漲らせて言われても、説得力が無いんですが……」

「何事にも不可抗力《ふかこうりょく》というものはあるよな」

手加減できないかもしれない自覚のあるバーラットは、この後行なわれるであろう戦闘で、不幸な事故が起こった場合の免罪符《めんざいふ》を口にしながらヒイロの出方を静かに見守った。

「おっさんに構ってる暇はねえから、手間掛けさずに死んでくれや。俺達はその後の楽しみが待ち遠しいんだよ」

そう言いながら、目前に立つヒイロには目もくれず、レミーにいやらしい視線を送るリーダー格の男に、ヒイロの理性は限界に達した。

「先程から、売るとかお楽しみの時間だとか……貴方は人を何だと思ってるんですか！」

ヒイロは感情に任せて叫びながら右手を大きく振りかぶると、そのまま平手を男の横っ面に叩きつける。

——ゴシャ！

それは断《だん》じてビンタの音ではなかった。たとえるなら、水の入った皮袋に高い所から石を落としたような鈍い音が辺りにこだまする。

「人様に迷惑を掛けるだけでなく、それを楽しむなど人として貴方達は最低で……す？」

リーダー格の男に俯いたままビンタを喰《く》らわせたヒイロは、そのまま顔を上げ、睨みつけながら感情に任せて怒りの言葉を相手にぶつけようとした。

しかし顔を上げたヒイロの前にはその相手の姿は無く、呆然としたり怯《おび》えた表情を浮かべたりしてヒイロの左手の方に視線を向ける、配下の山賊達がいるだけだった。

「あの方は一体どこに……」

「ヒイロ！」

怒りのおさまらないヒイロが険しい表情のまま疑問を口にすると、バーラットが背後から呼び掛ける。

「何ですバーラット」

振り向くヒイロに、バーラットは苦笑いをしながら無言でヒイロの左手側を指差す。彼の隣ではニーアとレミーが信じられないといった感じで乾《かわ》いた笑みを浮かべていた。

「左……ですか？」

バーラットの無言の指示を受け、ヒイロはそちらに振り向く。

ヒイロは失念していた。先程の魔物との戦闘で【超越者】を10パーセントに引き上げていたことを――

ただでさえ怒りで力の加減ができていなかった上に、【超越者】10パーセントである。そんな攻撃に山賊風情《ふぜい》が耐えられる訳がなく、振り向いたヒイロの視線の先では、吹き飛ばされたリーダー格の男が道脇の木の根元に倒れていた。

「…………あれ？」

それを見たヒイロの顔色は、怒りで赤く染まっていたものからどんどんと青褪《あおざ》めていき――

「えええええええ!!」

やっと事態が呑み込めたヒイロは、驚愕《きょうがく》の声を上げながらリーダー格の男の下《もと》へ駆け寄るのだった。

第5話　容赦《ようしゃ》ない猛撃《もうげき》

「ちょっ……ちょっと大丈夫ですか！」

男の下へ辿り着いたヒイロは、片膝をつき男の両肩を掴んで木に寄りかからせる形で座らせた。彼の身体に力は入っておらず、更に首がありえない角度で垂《た》れ下がっていた。

「……!!　まさか……首が折れている!?」

その光景に愕然《がくぜん》としたヒイロは、とりあえず首を元に戻そうとして、両手で男の顔を掴み本来の場所へと持っていった。だが、それによってヒイロの眼前に現れた男の顔は、ビンタを喰らった左側が大きく歪んでいた。

「いいいいいいっ！　自分でやっといて何ですが、これはさすがに酷すぎます！　パーフェクトヒール！」

そのあまりの惨状《さんじょう》に恐怖すら覚えたヒイロは何とか治《なお》せないかと、あたふたしながら一縷《いちる》の望みに賭《か》けてパーフェクトヒールを使った。

「……何やってるんだ、あいつ？」

リーダー格の男の近くで慌ただしく何かしているヒイロを遠目《とおめ》に見て、バーラットは呆れ気味に呟く。

「あれ、即死ですよね」

「うん、あれは死んでるよね」

レミーとニーアの淡白《たんぱく》な言葉にバーラットが「だと思うんだが」と答えたその時、ヒイロの背中越しに光が溢れ出すのが見て取れた。

「あれ、もしかしてヒールの光ですか？」

ヒイロがヒールを使っているのを見たことがないレミーが驚いていると、ヒイロが首だけをバーラット達の方へ向ける。その表情は、安堵《あんど》と達成感の入り混じった何とも清々《すがすが》しいものだった。

「バーラットー！　……生きてます……よかったです！」

「ちっ、生きてたか」

本当に安心したように叫ぶヒイロに、ニーアが悔《くや》しそうに舌打ちする。

バーラットも同じ気持ちだったが、ヒイロに人を殺させるよりはマシな結末だと思い直し、苦笑いを浮かべた。

「まぁ、ヒイロさんに要《い》らぬトラウマを与えなくてよかったじゃないですか。初めての人殺しは相応の覚悟《かくご》をした上で行わないと、一生心に傷を負うことになりますから」

自身の経験なのか、周りの環境から来た回答なのか、そうニーアを宥《なだ》めるレミーの表情からは、先程までの険しいものは消えていた。

「だな。さて、逃げられる前に残りの雑魚《ざこ》どもを片付けるか」

「そうですね。あんな粗暴《そぼう》な連中、逃げられでもしたら、この先ろくなことをしなさそうですし」

「しょうがないなぁ、じゃあ残りの奴らでこの鬱憤《うっぷん》を晴らすことにするよ」

ヒイロの行動に毒気《どくけ》を抜かれたのか、三人の雰囲気に先程までの殺伐《さつばつ》としたものは無い。しかし、馬鹿にされたフラストレーションは溜《た》まったままであり、三人はそれを晴らそうと、とてもいい笑みを浮かべながら行動を開始した。

「さーて、じゃあ先手はぼくが貰うよ。エアクラッシュ！」

相手の攻撃範囲から外れるほど高い位置まで上昇したニーアが、あらかじめ唱えて待機させていた魔法をノリノリで解放する。

エアクラッシュは空気の塊を標的の頭上から落とす魔法で、範囲を狭《せば》めれば山賊程度の雑魚レベルなら圧死させるほどの威力《いりょく》を持つ。しかし今回、ニーアはあえて範囲を広げ、山賊全員を標的とした。

ヒイロのありえない攻撃を目《ま》の当たりにして、惚《ほう》けて無防備になっていた山賊達はいい的《まと》だったようだ。彼等は空気の塊に頭上から押さえつけられ、「ぐげぇ！」などという蛙《かえる》が潰《つぶ》れたような声を上げながら全員地面に突《つ》っ伏《ぷ》す。

「ナイスだニーア！」

ニーアの魔法で撤退《てったい》も回避《かいひ》行動も取れなくなった山賊達目掛けて、バーラットはニーアに賞賛《しょうさん》を送りながら走った勢いを殺さずに飛び上がる。

「喰らえ、爆炎槍円舞《ばくえんそうえんぶ》！」

空高く飛び上がったバーラットは、穂先《ほさき》を下にしながら槍を地面と垂直《すいちょく》に構え、そのままニーアの魔法の影響で落下スピードを上げながら山賊達の中心部へと落ちていく。そして、穂先が地面に触《ふ》れた瞬間、豪快な爆炎がバーラットを中心に円形に爆《は》ぜた。

ニーアの魔法により地面に突っ伏していた山賊達に、その派手《はで》な攻撃を避ける手立てなどある筈が無く、一人残らず四方に吹き飛ばされる。

「二人とも派手過ぎです。ただでさえ地味な私が、更に地味な作業をする羽目になったじゃないですか」

レミーは言葉通り爆炎の影響外を素早く走り回りながら、吹き飛ばされてきてもまだ意識があり、よろよろと立ち上がろうとしている山賊達を、コツコツと峰《みね》打ちで気絶《きぜつ》させていた。

こうして山賊の一団は、アッサリとバーラット達の憂《う》さ晴《ば》らしの標的になり壊滅《かいめつ》したのだった。

そのあまりの大人気《おとなげ》ない戦いぶりに、見ていたヒイロは頬を引き攣らせていたが、これのは自分だということには気付いていないらしい。傍《はた》から見たら、一番大人気《おとなげ》ない戦い方をしたも自業自得《じごうじとく》ですねと小さくため息をついた。

「ふぅ……少しは溜飲《りゅういん》が下がったな」

「あははは、やっぱり大きな魔法は使うとスカッとするね」

「私はあんまりスカッとできませんでした……なんか細かいゴミ拾いをしていた気分です」

バーラットはいつもの調子に戻り、ニーアは清々しい笑顔で、貧乏くじを引いたレミーは少し不満顔。三者三様《さんしゃさんよう》の感想を述べながらヒイロの下に集まる。

「ご苦労様です。しかし、少しやり過ぎでは?」

「お前が言うなよ」

「そうそう。ヒイロが一番思いっきりやってたじゃないか」

「でも、随分と派手に吹っ飛ばしたように見えましたけど、ヒールで治ったところを見ると、思ったよりダメージは無かったのですね」

ヒイロが眉をひそめてそう言うと、バーラット、ニーア、レミーの順で言葉を返す。

そしてパーフェクトヒールをただのヒールだと思っているレミーの言葉に、ヒイロはバツが悪そうに視線をそらし「ええ、そうですね」と答えるのだった。

「しかし、アッサリと終わりましたね」

「何を言ってるヒイロ。これからが本番だぞ」

「へっ？」

安堵の表情を浮かべていたヒイロだったが、バーラットに不思議そうに返されて、間《ま》の抜けた声を出してしまう。

「これから、こいつらのアジトを聞き出して潰すんだよ」

「こういう輩《やから》は大本《おおもと》を纏めて潰さないと、また増えていきますから」

バーラットとレミーの言葉に「はあ」と生返事《なまへんじ》で答え、ヒイロは辺りを見回す。

「でも、誰からアジトを聞き出すんですか？　皆さん気絶されてますが……」

「「あっ……」」

しまったといった感じでバーラットとレミーの言葉がハモる。

「ま……まぁ、誰か叩き起こせばいいだろ。とりあえず全員を一箇所《いっかしょ》に集めるか」

バーラットの提案の下、三人は辺りにゴミのように散《ち》らばった山賊達を一箇所に集める。

それをバーラットがしげしげと見回した。

「一番ダメージが無さそうなのは……最初にヒイロがぶっ飛ばした奴か。よし、こいつを起こそう」

実際はほとんど死にかけまでダメージを受けていたリーダー格の男だったが、ヒイロのパーフェクトヒールで綺麗《きれい》に傷が癒《い》えていたために、バーラットのお眼鏡《めがね》に適《かな》ってしまう。

バーラットはリーダー格の男の胸倉を掴むと、頬を叩き始めた。そんな様子を、先程までその首が折れていたことを知っているヒイロが、また折れてしまうのではないかとハラハラしながら見守る中、リーダー格の男は静かに目を覚《さ》ました。

「うっ……何だ一体……」

「よう、お目覚《めざ》めかな」

「お前は！　……!?」

男は自分が何故気絶していたのかも分からなかったものの、目の前にいるバーラットが先程獲物《えもの》と定めた奴の一人だと気付き一瞬表情を険しくする。しかし他の仲間に呼び掛けようと辺りを見回したところで、その仲間が全員倒れているのが目に入り頬を引き攣らせた。

「状況は理解できたか？」

バーラットの言葉に、男は頬を引き攣らせたままコクコクと無言で頷く。

「じゃあ、アジトに案内してもらおうか」

極悪《ごくあく》な笑みを浮かべるバーラットに、男は項垂《うなだ》れるように頷いた。

夜もすっかり更《ふ》け、ロープで一纏めにされた山賊達を引っ張りながら、空腹《くうふく》の苛立ちも相《あい》まってアジトを夜襲《やしゅう》で壊滅させてしまおうと息巻いていたヒイロ達一行。

しかしいざ足を運んだ彼等のその眼前には、アジトと称した洞窟《どうくつ》の前で、死屍累々《ししるいるい》とした姿をさらけ出した山賊達の一団の姿があった。

死んではいない様子だが、洞窟の前に倒れている二十人ほどの山賊達を見て、バーラットは誰かに先を越されたかと舌打ちする。

「おい！　お前ら何があった！」

ロープに繋《つな》がれたままその光景に愕然としていた山賊のリーダー格の男が我に返り叫ぶ。するとと倒れていた一人の山賊が首をもたげ「雷を……自在に操《あやつ》る女……」とだけ伝えてガクッと力尽《つ》きるように再び気絶した。

「雷を操る女ねぇ……」

「外傷《がいしょう》が多少の火傷《やけど》程度しか見当たりませんから、感電させたのでしょうね。しかし、山賊を壊滅させておいてそのまま放置とは一体、どういうつもりなんでしょう？　山賊を倒したことを警備兵に伝えれば報奨金《ほうしょうきん》も出るというのに……殺していないのなら縛《しば》っておかないと、警備兵が来る前に逃げられるじゃないですか」

バーラットの呟きに、レミーが疑問を口にする。

「報奨金が出ることを知らないか、はたまた、ただ単に邪魔だったから倒しただけか……どっちにしろ見つけてしまった以上、このままにはしておけんな。レミー、一人一人縛り上げてくれ」

「ええー！　全員ですか？　最初に私達が倒した分も合わせたら、三十人以上いるじゃないですか」

「頼みますよレミーさん」

ヒイロにまで頼まれ、レミーは渋々《しぶしぶ》捕縄術《ほじょうじゅつ》を駆使して一人一人縛り上げていく。それをヒイロとバーラットが洞窟内へと放り投げるという作業は、サイズ的にやることがないニーアの声援《せいえん》の下、グーグーと四人の腹の虫の音が鳴る中でしばらく続いた。

第6話　港町キワイル

「警備兵に報告してきたぞ」

山賊を縛り上げ洞窟に放置してきたヒイロ達は、その場で一晩明かした後、丸一日かけて港街キワイルに辿り着いていた。

そして早速バーラットが街の警備兵に山賊のことを報告してきた。

「報奨金を貰うなら、警備兵が放置してきた山賊を確認した後になるから、二日ほどこの街に滞在することになるが――」

どうする？　とバーラットは他の皆に確認を取る。

「首都には遅れることになりますよ？」

「まあ、急ぐに越したことはないが、俺はあいつらに早く会いたいわけではないからな……」

ヒイロの確認に、王族をあいつら呼ばわりしたバーラットは、苦笑じみた表情で答えた。

「それなら、待つ分には問題ないんじゃないですかね。ちなみに報奨金はいくら貰えるんです？」

「山賊、盗賊は死体で一人あたり金貨一枚。生《い》け捕《ど》りなら金貨三枚だ」

「……そんなに貰えるんですか」

「生け捕りだと労働力にできるからな、国も奮発《ふんぱつ》してくれるさ」

ヒイロとバーラットのやりとりを聞いて、ニーアが「えーっと」と呟いてから言葉を零す。

「あいつら、三十人くらいいたよね」

「……三十二人です」

山賊を全て縛り上げたレミーは、その時のことを思い出したのだろう、渋い顔で答えた。

ヒイロはそれを聞いて、驚きの表情を浮かべる。

「すると、大金貨九枚と金貨六枚！　大金じゃないですか。魔物を倒すより儲《もう》かるんじゃないですか？」

「山賊や盗賊がそんなに大量にいればな。そうそう出くわすもんじゃねえし、普通の冒険者には、自分達より人数が多い連中を殺さずに倒すのは荷が重いだろ。時間とリスクを考えれば、魔物を退治してた方が堅実《けんじつ》なんだよ。それに、生け捕りにできる高レベルの冒険者なら、ランクの高い魔物を倒した方がよっぽど金になるしな」

「でも、確かに大金ですよね。貰わない手はないです」

バーラットに続けてレミーがお金は大事だと力説し、皆が頷いたところで、まずは宿を取ろうと一同は歩き始めた。

「ところで、洞窟にいた山賊達は私達が倒したわけじゃないですが、その分も貰ってしまっていいのでしょうか？」

「構わんさ。倒して放置してたんだ、換金する気は無いんだろ」

ヒイロの疑問に、バーラットはアッサリと答える。

「そーだよ。誰が縛る苦労をしたと思ってるの」

「……それは私です、ニーアさん」

まるで自分が苦労したように語るニーアを、レミーがジト目で見つめた。ニーアにとって、仲間の苦労は自分の苦労のようだ。

「で、しばらくこの街に滞在することになった訳だが、何をして時間を潰す？」

「勿論、当初の目的通り海産物を買《か》い漁《あさ》ります！」

話を切り替えたバーラットの質問に、ヒイロは笑顔で力強く即答する。

「海産物というと、海魚や貝類などですか？　大量に買っても、食べる前に傷《いた》んでしまいそうですけど……」

「問題ありません。私には食材を長期保存できる便利な魔法がありますから」

「そんな魔法まで……もう、ヒイロさんはなんでもありですね」

時間を止められる時空間収納の存在を知らないレミーは、ヒイロの言葉を聞いて、呆れ顔でそう呟いた。

「しかし、魚……ねぇ……塩焼きぐらいしか調理法が思いつかんが、飽《あ》きんか？」

断然《だんぜん》肉派のバーラットの言葉に、ヒイロはとんでもないと反論する。

「煮付《につ》けに味噌煮、干《ほ》してもいいですし、生でもいける万能食材ですよ」

「「生ぁ!?」」

最後に出た生で食べるというヒイロの発言に、バーラットとレミーが難色を示しつつ声をハモらせる。

「生はいかんだろ生は！」

「そうですよヒイロさん！　魚を生で食べるなんてとんでもない！」

バーラットはまだしも、醤油に慣れ親しんでいる筈のレミーにも反論されたことで、ヒイロはビックリして二人を見た。

「生で食べることがそんなに変なんですか？」

「当たり前だ。魚を生で食べるなんて自殺行為だろ」

「ヒイロさん知らないんですか？　魚には寄生虫《きせいちゅう》がいるんですよ。それを熱処理もしないで食べるなんて危《あぶ》なすぎます！」

　バーラットにそう言われてヒイロは顔をしかめつつ、続くレミーの言葉に元の世界で有名だったアニサキスを思い出す。

「ああ、寄生虫がいるんですか」

「虫とはいっても、正確に分類すると寄生型の魔物だがな。奴らが寄生している魚を加熱処理せずに食べてしまうと、今度は食べた側が寄生されてしまう。そうなったら、腹の中で暴れながら繁殖《はんしょく》されるぞ」

「それは嫌過ぎます……」

「魚が寄生されている確率は1パーセントにも満たないとはいえ、そんな賭けをしてまで生で食べようなんて物好きはいねぇよ」

「ふむ、美味しいんですけどねぇ……」

「本当かよ……」

「あの生臭《なまぐさ》い臭いからは想像できません」

　嘆息しながらのヒイロの呟きに、バーラットとレミーは懐疑的《かいぎてき》な視線を向けた。

「ところで、ニーアは寄生虫に難色を示さないんですね」

なんとなく疎外感《そがいかん》を受けたヒイロは、魚の生食に否定的な二人から、自分の胸元に収まるニーアへと目を向ける。

今のニーアなら人攫《ひとさら》いごときどうとでもできるのだが、街では飛んでいる自分へ向けられる沢山《たくさん》の好奇《こうき》の視線が嫌らしく、目立たないようにヒイロの懐《ふところ》に収まっていた。

「んー、ぼくの場合、サイズ的に寄生されるわけがないから、生の魚の味はともかく、寄生虫に関しては特に危機感は無いんだよね」

ヒイロの懐でくつろぐニーアの言葉に、一行は『ああ、なるほど』と納得する。

そんなことを話している間にヒイロ達は宿に辿り着き、その扉を開けた。しかし中に入った瞬間、先頭を歩くバーラットに緊張が走る。

「バーラット、どうしました？」

バーラットの異変に気付いたヒイロが、彼の背中越しに宿の中を見やる。すると、白地に袖《そで》や裾《すそ》に金の縁取《ふちど》りがされた清潔感《せいけつかん》のあるローブを纏った女性が、カウンターの前に立っているのが目に入った。

年の頃は二十代中頃。鮮やかな銀髪《ぎんぱつ》を腰の辺りまで伸ばした美しい女性で、その顔に携《たずさ》えた柔和《にゅうわ》な笑みは、ヒイロに好感を持たせた。

「あの女性が何か？」

バーラットの視線が女性に向けられていることに気付き、ヒイロがバーラットの耳元で小声で尋ねる。

「教会の司祭だ。なんでこんな安宿なんかにいるんだ？」

「この宿に司祭がいるのがそんなに不思議なんですか？」

「金縁の司祭服を着てるってことは、司祭の中でも司教に近い高い位《くらい》の奴の筈なんだ。そんな立場の司祭は普通、もっと高級な宿に泊まるもんなんだよ」

「なるほど……」

そんなヒソヒソ話をしていると、司祭の女性がヒイロ達の方へと向き直り、ヒイロ達はギクリと肩を震わせた。

女性は歩み寄ってきたところで、出入り口を塞《ふさ》いでいると気付いたヒイロ達は、素早くその道を開ける。

司祭の女性は道を開けたヒイロ達に丁寧《ていねい》に頭を下げ、そのまま外へ出ていった。

「たくっ……この街でヒール持ちでも勧誘《かんゆう》してんのか？」

要らぬ緊張を強《し》いられたバーラットは、彼女の後ろ姿を目で追いかけながらそう吐き捨て、カウンターに向かう。

「おやじ、三部屋なんだが空《あ》いてるか？」

「いらっしゃい、空《あ》いてますよ。朝食付きで一泊銀貨八枚です」

バーラットの言葉に、カウンターに座っていた五十絡《がら》みの頭の頂点が心許《こころもと》ない男が、笑みを浮かべて答える。

「それで構わん。三部屋頼む」

「では、鍵《かぎ》をお渡ししますんで、少々お待ちを」

そう言って宿屋の主人はカウンターの下をゴソゴソとやって、鍵を三つ、カウンターの上に置いた。

「ところで、さっきの女は教会の司祭のようだったが、何でこんな宿にいたんだ？」

バーラットは鍵を掴みながら、宿の主人に『こんな宿』などと失礼なことを言った。しかし当の主人は、気にした様子もなく笑顔を崩《くず》さずに答える。

「何でも、教会の本部から来たみたいなんですが、こんな宿の方が落ち着くらしく、昨日から泊まっていただいてるんですよ」

「ほう……教会の本部からねぇ……何でまた、この街に来たのか……」

「さて、そこまでは……お客さんのことを根掘《ねほ》り葉掘《はほ》り聞く訳にはいきませんので」

宿屋の主人から情報を得たバーラットは、ありがとよと主人に軽く礼を言い、部屋がある二階に上がっていく。

「バーラット、あまり失礼な物言いは感心しませんよ」

バーラットに続きながら自分の分の鍵を受け取ったヒイロは、その言い様を注意したが、バーラットは問題無いとばかりに肩を竦める。

「あの程度で腹を立てるようじゃあ、こんな宿の主人はやっていけんよ。それよりも――」

そこまで言って、バーラットは険しい目つきでヒイロへと振り返った。

「教会本部のエリート様がこんな街に何のために来たのか気になる……ヒイロ、あんまり目立ったことはしてくれるなよ。教会に目をつけられたら面倒だからな」

「目立つ？　私がですか？　私ほど地味な者はそうそういないと思いますが……」

キョトンとした表情を見せながら、自覚無く元の世界の感覚でそう答えるヒイロに、バーラットを始めとする三人は『いや、それはありえない』と、同時に大きなため息をついた。


港街キワイル。

ここはホクトーリク王国、クシマフ領においてクシマフの街、コーリの街に続く三番目に大きな街であった。ところが北で起きた突然の瘴気発生により北への流通が不便になり、その賑《にぎ》わいはかつてに比べるとやや落ちている。

しかし、クシマフ領最大の港街であることに違いはない。その港の活気は、初めて来たヒイロ達の目には、とても賑やかなものに映った。

「ほほう……さすがは母なる海、世界が変わっても、その壮大《そうだい》さは変わりませんねぇ」

「うわー！　……海って大きいねえ……」

この街に着いた次の日の早朝、ヒイロは懐でうとうとしていたニーアとともに港に来ていた。

整備《せいび》された船着場の縁に立ち、海を眺めながら磯《いそ》の香りを楽しむヒイロと、初めて見た海の大きさに眠気《ねむけ》など吹っ飛び、目を見開いて呆然とするニーア。

ちなみにバーラットとレミーはこの街の冒険者ギルドへ行くということで、別行動を取っていた。

バーラットは『一応顔ぐらいは出しておく』という理由で、レミーは『何か良い依頼がないか見てきます』という理由だ。

ヒイロを一人にさせるのが心配だったバーラット達は、まだ眠そうなニーアを同行させることにしたのだが、この組み合わせが何の意味もなさないことを二人は知らない。

なんせ、ヒイロは自覚が無く、ニーアはヒイロに自重《じちょう》させる気が無いのだ。

船着場で次々と夜の漁から戻ってくる漁船を見つめ、一体どのような魚がいるのか、ヒイロの胸は躍《おど》っていた。

「ここで直接魚を買うことはできるのですか？」

次々と漁船から下ろされる魚が沢山詰まった木箱を覗き込みながら、ヒイロが忙《せわ》しなく木箱を運んでいる若い男に話しかける。するとその若者は、木箱を持ち上げる手を止めヒイロを見て眉をひそめた。

「商人には見えないけど、魚の買い付けですか？　ここで買おうとしたら、箱単位の取り引きになるけど……」

「ええ、それで構いません。大量に魚介類が欲しいので」

「だったら、あっちに見える建物に行ってください。他の商人のお客さん達もあっちで交《こう》渉《しょう》してますから」

言いながら男は、船着場に隣接《りんせつ》する大きな倉庫のような建物を指差す。

その建物は、海に面した壁が屋根に達するほどの大きな引き戸になっており、開かれた引き戸の先に、屈強《くっきょう》な男達が船から下ろされた木箱を次々と運び込んでいた。

そして建物の中では、積《つ》み重ねられた木箱を前に、漁師と商人が活気よく魚介類の売買をしているのが見て取れた。

「商人じゃなくても売ってもらえるのですか？」

「金さえ出してくれれば、誰にでも売りますよ。普通、商人以外は箱単位で買わないですけどね」

「ですよね。忙しいところ、ありがとうございました」

手を止めさせてしまった若い男に礼を言って、ヒイロは船着場から建物へと向かう。

建物の中は、外からは活気があるように見えたが、実際は喧騒《けんそう》に近い様相《ようそう》だった。

できるだけ安く買い叩こうとする商人と、できるだけ高く売りつけようとする漁師。双方の思惑《おもわく》が喧嘩腰とも取れる口調となって現れ、罵声《ばせい》のような取り引きの言葉があちらこちらで飛び交っている。

ヒイロとニーアはそのあまりに殺気立った現場の雰囲気に度肝《どぎも》を抜かれ、建物に入った瞬間に固まってしまった。

「……いやはや、これは恐ろしい所ですね……」

「うん……下手《へた》な魔物より殺気立ってるんじゃないかな……」

『大銀貨五枚と銀貨七枚！』『いや、大銀貨五枚と銀貨九枚だ！　これ以上は譲《ゆず》れん！』などと、銀貨一枚でも安く買おうとする商人と、そうはさせまいとする漁師。そんな攻防が聞こえてくる中、ヒイロは、何故叫ぶ必要があるのだろうか、と思いながらやっと足を踏み出す。

なんとなく見たことのあるような、それでいて若干記憶とは細部の異なる魚介類を見ながら歩いていたヒイロだったが、その足がふと倉庫の奥まった一角で止まる。そこには、木箱では収まらないような大きな魚がゴザらしき物の上に並べられていた。

「……これは魔物じゃないんですかね……」

「うん……ぼくもそう思う」

ヒイロ達の前に並べられていたのは、額に角が生《は》えていたり、鱗が刃のように鋭利《えいり》になっていたりする魚。そして更にはどう見ても大王イカにしか見えない巨大なイカなど、明らかに攻撃性の高い外見的特徴《がいけんてきとくちょう》が見受けられる物ばかりだった。

「何だお前ら、こいつらが欲しいのか?」

それらを物珍《ものめずら》しげに見ていると、背後から声が掛けられる。

ヒイロ達が振り返ったそこには、一瞬ドワーフではないかと勘違《かんちが》いしてしまいそうな、ずんぐりむっくりで髭面《ひげづら》の老人が立っていた。

ヒイロは突然現れた老人に軽く会釈《えしゃく》してから、魔物だと思われる魚に再び視線を戻す。

「これらは魔物じゃないんですか?」

「ああ、そうみたいだな。漁の邪魔をしに現れるのを毎回獲《と》ってくるんだが、ここで売れ残っても冒険者ギルドに持ってけば金になる便利な獲物だ」

あっさりとそう説明した老人はカラカラと笑った。

(……漁の邪魔って、単に襲ってきてるだけでしょうに……襲ってきた魔物を単なる邪魔者扱《あつか》いとは、漁師は冒険者以上にたくましいんじゃないでしょうか……)

漁師のたくましさに苦笑いを浮かべながら、ヒイロは口を開く。

「美味しいんですか?」

「こいつらか? もちろん美味いぞ。食った奴は大概、肉のような旨《うま》さだと絶賛《ぜっさん》しよる」

「……肉のような旨さなら、肉を食べた方がいいじゃないですか。私は魚を食べたいのですが……」

老人の言葉にヒイロが不満を漏らすと、老人は愉快《ゆかい》そうに大口を開けて笑った。

「くっはははっ！　違いない。やっぱり魚は魚らしい味の方がいいよなぁ。よし分かった！　俺が美味い魚を売ってやる」

ヒイロの言い様が気に入ったのか、老人は魚らしい魚を置いている区画へと、上機嫌でヒイロを案内した。

「思ったより買ってしまいましたねぇ……」

十五箱もの木箱を重ねて両手で持ち、ヒイロはヨタヨタと港を後にしていた。

「あっ、ヒイロ、前から人が来てる」

木箱で視界が塞がれているヒイロを誘導するニーアの声を聞き、ヒイロが足を止める。魚河岸《うおがし》へ向かう商人らしき男は、木箱でほとんどその身を隠してしまっているヒイロの姿に驚き、目を見開きながらその傍を通り過ぎていった。

「……バーラットには目立つなと言われましたが、これはこれで目立ってしまいそうですね。せっかく時空間収納を使わなかったのに、意味がありません。ニーア、どこか人目につかない路地裏《ろじうら》辺りでこれを仕舞いましょう」

ヒイロはこれまでの旅では、マジックバッグ経由で時空間収納を利用していたのだが、そもそもマジックバッグ自体が稀少《きしょう》で目立つ為、港では使わなかった。ところが、使わないなら使わないで、身の丈《たけ》を超えるほどの木箱を運ぶヒイロの姿は、かなり目立ってしまっていたのだ。

「うん、分かった。もうちょっと行ったら右手に人気《ひとけ》が無さそうな小道があるから、そこに入ろう」

ニーアの誘導で建物の間にあった小道に入ったヒイロは、木箱を下ろし辺りに人がいないのを確認して一息つく。

「ふぅ……さて、時空間収納に仕舞いますか……っと、その前に、パラサイトキラー！」

仕舞う前に、いるかもしれない寄生虫を除去《じょきょ》してしまおうと、ヒイロは右手に黄金のピコピコハンマーを出現させ、腰を下ろして木箱の中の魚介類を一匹一匹叩き始めた。このピコピコハンマーは、ヒイロが以前【全魔法創造】によって作り出した、寄生生物のみを死滅《しめつ》させる魔法だ。

ヒイロが買ったものは白身、赤身の魚を中心に、貝類、カニ、エビなどの甲殻類《こうかくるい》、更にはイカなど多種にわたる。

（そういえば昔、サメを叩くモグラ叩きゲームをゲームセンターで見たことがありましたねぇ……キャラクターを変えただけで筐体《きょうたい》自体は普通のモグラ叩きとなんら変わらなかったと思いますが、なんとなく新鮮《しんせん》でやってしまったものです。あれは今思うと、メーカーに上手く乗せられていたんでしょうねぇ）

魚を叩きながらメーカーの戦略に乗せられていた自分を思い出していると、一匹の魚を叩いた瞬間、その身から光の粒子《りゅうし》が溢れ出した。

「あっ、アタリだ」

「いえいえ、寄生虫がいたのですからハズレでしょう」

ニーアの言い様にヒイロが苦笑いで答えた時、頭上から声が聞こえてきた。

「それは、寄生虫を消滅《しょうめつ》させる魔法ですか？　だとしたら素晴らしい魔法ですね」

澄《す》んだ女性の声。普段なら心地《ここち》好《よ》く感じるであろう声を聞き、ヒイロかビクッと身を震わせた後でゆっくりと顔を上げる。

すると、叩き終わって積み重ねていた木箱の陰から、一人の女性がヒイロの手元を覗き込んでいた。

「あうっ！」

その銀髪の女性の顔を見て、ヒイロは思わず呻《うめ》いてしまった。

つい先日、宿で見た顔だったからだ。

「素晴らしい魔法です。今まで見たことも聞いたことも無い魔法ですが、御自分で開発なされたんですか？」

笑顔で褒《ほ》め称《たた》えてくる白い聖職服に身を包んだ女性の質問に、ヒイロは冷や汗を掻きながら引き攣った笑みで固まる。しかし、それもわずかな間だけで、ヒイロはすぐさま別に問題無いのではないかと考え直した。

（まさか、バーラットに気を付けろと言われていた方に見られるとは……しかし、パーフェクトヒールを見られた訳ではないですし、パラサイトキラーは寄生虫を除去するだけの魔法ですから、問題は無いですよねぇ）

ヒイロ自身、パラサイトキラーはたいしたことのない魔法だと思っているため、そのような判断を下す。

しかしながら、彼の願いに応えるために【全魔法創造】が気張《きば》って生み出した魔法であるパラサイトキラーが、ヒイロの認識通りの魔法である訳がない。

パラサイトキラーは寄生した生物を消滅させる際、宿主に一切のダメージや後遺症《こういしょう》を与えない、大魔法と呼ぶに相応《ふさわ》しい魔法である。攻撃力や回復力のすごさを魔法の基準《きじゅん》と考えているヒイロにはそれが分かっておらず、犬についたノミを指でプチッと潰すぐらいの労力を魔法で代用している程度の認識だった。

そのため――

「確かに私が作った魔法ですが、素晴らしい魔法なんてとんでもない。これはただ、くっついてる虫を除去するだけのたいしたことのない魔法ですよ」

と、謙遜《けんそん》でなく本気で、パラサイトキラーをたいした魔法ではないと言い切ってしまった。

そんなヒイロに、女性は大変驚き、腰を屈めて顔を近付けてきた。

「見たところ、この魚には傷らしい傷はついていません。外傷を与えずに寄生虫のみを除去する魔法がたいしたことがないなんて、ありえませんよ！」

「そう……なんですか？」

「そうです！」

綺麗な女性が興奮《こうふん》気味《ぎみ》に中腰で詰め寄ってくるのに対し、妙齢《みょうれい》の女性に免疫《めんえき》が無いヒイロは、座った状態でたじろぎながら後退していく。

女性はある程度ヒイロに詰め寄ると、急に背筋《せすじ》を伸ばしその手を胸の前で組んで天を仰《あお》いだ。

「ああ……こんな素晴らしい魔法を生み出す大魔導師殿にここで出会えるなんて、これも神のお導きです……」

自分の世界に入り、神に感謝の言葉をかける女性をヒイロが呆然と見上げていると、そこにニーアが寄ってくる。

「ねぇ、ヒイロ。この人、ちょっとテンションおかしくない？」

「え……ええ、どうやら自己陶酔《じことうすい》、自己完結タイプの方のようですね……神に仕《つか》える女性キャラとしてはありがちですが、実際に会うと、なかなかに困惑してしまいます」

「今のうちに逃げちゃったら、気付かれないんじゃない？」

神に感謝の言葉を捧《ささ》げている女性を見上げてのニーアの提案に、「それもよくあるパターンですね」とヒイロが乗っかり、さっさと木箱を時空間収納に仕舞い始めた。ところが最後の一箱を仕舞った瞬間、その肩に手が置かれる。

「ああ、これもよくあるパターンです……」

諦《あきら》めたように呟きヒイロが振り返ると、女性がニコニコと満面の笑みでヒイロの肩をしっかりと掴んでいた。

「……何かご用でしょうか？」

「はい。実は折り入ってお願いが――」

女性はそこまで言って、ヒイロの名前をまだ聞いていないことに気付き、慌てた様子でヒイロの肩から手を離し恐縮したように頭を下げた。

「すみません！　私ったら自己紹介もせずに長々と話してしまって……私は教会本部所属のシルフィー・ネル・ラクスと申します」

「ああ、これは御丁寧に。私はヒイロ。しがない冒険者です」

「ぼくは相棒《あいぼう》のニーア」

ヒイロに続きニーアも挨拶を済ませると、シルフィーは二人の名前を反芻《はんすう》するように頷いた後、口を開いた。

「では改めて……ヒイロさん。実は折り入ってお願いがあるのです――」

第7話　依頼交渉《こうしょう》は殺伐《さつばつ》と

「おう、ヒイロ。カウンターでお前の部屋に来るよう言伝《ことづて》を聞いたが、何の用……」

冒険者ギルドから帰ってきて宿のヒイロの部屋へと入ろうとしたバーラット。しかしその言葉は、部屋の中でヒイロの背後に立つシルフィーを視界に捉《とら》えた途端《とたん》に止まった。

「えーと……とりあえず中へ……」

ドアノブを掴んだ状態で固まってしまったバーラットに、ヒイロが申し訳なさそうに入室を促すと、バーラットは渋い表情でこめかみを押さえながらゆっくりと部屋に入ってくる。

「バーラットさん、一体どうしたんで……す……」

バーラットに続き入ってきたレミーも、シルフィーの姿を確認して言葉を失う。

「ヒイロ……これは一体どういうことだ？」

無言になったレミーが部屋に入り戸を閉めると、バーラットは静かにヒイロを問い質《ただ》し始める。

「実は……魔法を使っているところを見られまして……」

「なっ！　……」

申し訳なさそうに白状するヒイロに、思わず『何の魔法を使った！』と叫びそうになるのをグッと堪《こら》え、バーラットは手招《てまね》きでヒイロを近くに呼び寄せる。

近くに寄ってきたヒイロを、バーラットは彼の肩に腕を回しそのまま引き寄せ、そしてシルフィーに聞こえないように小声で問い質し直す。

「一体、何の魔法を使った？」

「パラサイトキラーです。買った魚の寄生虫を取り除こうと思いまして……人目につかないように人気《ひとけ》の無い路地裏で使ってたんですよ。でも、彼女にたまたま見られていたようで……ただの虫を除去する魔法ですし、パーフェクトヒールを見られたわけじゃないので問題ないかな～と思ったんですけど、何故か興味を持たれてしまいました」

やたらと口数が多くなったヒイロの弁解《べんかい》に、バーラットのこめかみはピクピクと反応しまくる。

「……ヒイロ……あの魔法はお前のオリジナルだよな……」

「はい……」

「お前は新魔法の開発がどれほど凄いことか、分かってなかったのかーーーー！」

器用に小声で叫ぶバーラットに、ヒイロは申し訳無さそうに頭を掻く。

「で、アレはヒイロに興味を持って勧誘に来た訳か」

「いえ、それが……」

「そろそろ、自己紹介させてもらってよろしいでしょうか」

おっさん二人のじゃれ合いを見ていたシルフィーが、間を見て口を挟むと、バーラットは狼狽《うろた》えながら向き直った。

「お、おう……俺はバーラットだ」

「私はレミーです」

シルフィーに促されて必要最小限にとどめた自己紹介をするバーラット達に、シルフィーは「これは御丁寧に」と皮肉とも取れる言葉を返し、そのまま自己紹介を始める。

「私は教会本部所属の司祭、シルフィー・ネル・ラクスと申します。本日はヒイロさんとそのお仲間のバーラットさん達にお願いがあって伺わせていただきました」

「お願いだと？」

訝《いぶか》しみながら視線を向けてきたバーラットに、ヒイロは目を泳がせる。

「そうなんです。依頼ということなのでバーラットの意見を聞こうと思いまして、ここでバーラットを待ってたんです」

「……もしかして、依頼内容は瘴気の調査、なんて言わないよな」

バーラットがそう切り返すと、シルフィーとヒイロは驚きで目を見開く。それを見てバーラットは嘆息した。

実は、バーラットが冒険者ギルドに赴《おもむ》いた際、対応したギルドマスターからその話を聞いていたのだ。

瘴気の中を調査するのに冒険者を雇《やと》いたいという、正気《しょうき》を疑《うたが》いたくなるような依頼を持ってきた司祭がいるとの話で、だからもしかしてと思いカマをかけたのだった。

「お前さん、それがどれほど馬鹿げた依頼か分かっているか？」

「危険なのは分かっています。ですが、これは必要なことなのです」

思い詰めた表情で返すシルフィーに、バーラットはその覚悟を悟《さと》り、真顔《まがお》で問い直す。

「全て承知《しょうち》の上か……じゃあ、その必要な理由とやらを聞こうか」

「はい。皆さんは、瘴気が年々拡大していることはご存知でしょうか」

突然語られたシルフィーの衝撃発言に、バーラットとレミー、ニーアは驚きの表情を見せる。その様子を、事の重大性をいまいち理解できないヒイロは、不思議そうな表情で見ていた。

「それが大変なことなんですか？」

「勿論です！　瘴気は人を衰弱《すいじゃく》させ、魔物――特に妖魔に力を与えます。そんな物が充満している地域が徐々に拡大してるということは、人が住めない土地がどんどん増えているということですよ」

レミーの説明でやっと事の重大さを理解したヒイロは、「それは大変です」と、驚きの声を上げた。

「それで、そんなとんでもない事態、国が把握していないとは思えんが？」

「はい。ですが周辺の混乱を避けるために情報は極秘《ごくひ》にされているようです。更に、二年前のことですが、事態の収拾のために騎士団を瘴気の中に派遣《はけん》したという情報も、私どもは入手していましたが……」

「瘴気が消えてないということは、問題解決に失敗したということか……」

バーラットの言葉に、シルフィーは静かに頷く。

「私ども教会も神に仕える身としてこの事態を重く見ており、なんとか収拾しようと情報収集に力を注いでおりました。そして、ついこの間、やっと瘴気が発生した場所付近に住んでいた方を見つけたのです！」

「おいおい、それは国も探してただろうに、教会の方が先に見つけたのか」

「その方はこの国を離れ隣国に住んでいましたので」

「なるほどな……国外に出られたら、調査力は教会の方が上か」

バーラットの言葉に、シルフィーは誇らしげに頷いてみせた。

「その方の話によりますと、瘴気発生の中心となった町には魔道具技師の師弟《してい》が住んでいたそうです。その師弟が研究していたのが、永久的に魔力を生み出す魔道具だったそうで……」

「ちょっと待て――」

説明を始めたシルフィーの言葉を、バーラットが手の平を向けて遮る。

「魔力を生み出すだと？　そんなことが可能なのか？」

「無から魔力を生み出すのは不可能みたいですね。今、出回っている魔道具も、魔物の魔力が込められた核《かく》を動力源としていて、核の魔力が無くなったら交換するというのが一般的ですから」

「だよな。だったら、その研究に意味は無いんじゃないか？」

「う〜ん、可能、不可能は別として、もし、無限に魔力を生み出す魔道具が本当にできるのなら、それは素晴らしい発明と言えるのですよ」

シルフィーが悩ましげな表情で言うと、バーラットが疑問を呈《てい》する。

「というと？」

「まず、核の魔力は不純物《ふじゅんぶつ》が多く、人が使う魔法への活用はできません。また、核に内包《ないほう》されている魔力は、元となる魔物の強さに応じて決まっていますから、その内包する魔力以上の魔力を必要とする大掛かりな魔道具は、核を動力源としても動かないのです」

シルフィーの説明に、バーラットはある事案を思い出し顔をしかめつつ頷く。

「そういえば、どっかの国がでっけぇ筒《つつ》みたいな魔導兵器を作ろうとしたが、動力となる魔力の都合がつかなくて作るのを断念《だんねん》したって話があったな」

「筒状の兵器？　それはどんな物だったのです？」

「何でも、高熱の光を放つ設計だったらしい」

大型の筒状兵器と聞き、興味を持ったヒイロが尋ねると、バーラットは夢物語みたいな話だと肩を竦めながら答える。

「ああ、ソーラーパネルで太陽エネルギーを集めてドンみたいな兵器ですか。チャージに時間がかかりそうですが、どんな敵でも一瞬で壊滅に追い込めそうですねぇ」

どんな兵器か理解しているかのように呟くヒイロに、バーラットは目を見開く。

「あったのか？　そんなもんが……」

「似たような兵器を知っているだけです、気にしないでください」

バーラットはヒイロの言葉に、『まったく、お前のいた国はどんな所だったんだよ……』と内心で呟きつつもそれ以上の追及《ついきゅう》を諦め、シルフィーへと視線を戻して続きを促した。

「話の腰を折って悪かったな。で、だ。その夢見がちな魔道具技師の師弟は一体何をやらかしたんだ？」

ヒイロとバーラットのやりとりをキョトンとしながら見ていたシルフィーだったが、バーラットに促され我に返り、軽く咳払《せきばら》いをした後に話を続ける。

「その師弟は、研究を完成させようと色々と試《こころ》みたようですが、上手くいかない日々が過ぎていき、諦めかけた頃に弟子が一枚の設計図をどこからか持ち込んだそうです」

「出所不明の設計図……ねぇ……」

話の流れがきな臭くなってきて、バーラットは鼻で笑いながら話の続きを静かに待った。

その反応はシルフィーにとって想定内だったらしく、特に気に留《と》めずに話を続ける。

「それには、月の魔力を貯め込む魔道具の設計図が書かれていたそうで……」

「そーら、話が胡散臭《うさんくさ》くなってきた。そんな絵空事《えそらごと》みてえな設計図の魔道具を、その二人は作ったのか？」

バーラットの冷やかし混じりの言葉に、シルフィーはコクリと頷く。一方、ヒイロは理解できないワードが出てきて、隣にいたレミーに小声で話しかけていた。

「レミーさん、月の魔力とは一体？」

レミーはたまに一般常識に欠けるヒイロには慣れていたようで、彼の耳元で囁《ささや》くように質問に答える。

「月は月の神の現《うつ》し身と言われていて、月の神の分体がその姿を変えたものなんだそうです」

「それはファンタジーですねぇ。で、それは事実なんですか？」

好みの話の内容に、ヒイロがワクワクしながら尋ねると、レミーは苦笑しながら肩を竦めてみせる。

「さあ？　教会の伝承《でんしょう》に残っていた話だそうですから、事実かどうかは確認のしようがありません」

「なるほど、そうですか。それで？」

ヒイロは神話のようなものだと判断し、レミーの話の続きを待つ。

「神の分体である月は常に魔力を放出し続けているという話なんです」

「ふむふむ……とすると、魔道具技師の師弟は、その月から放出されている魔力を集める為の魔道具を、作ろうとしたということですよね。理にはかなってる気がしますけど、バーラットは何故にあんなに猜疑心《さいぎしん》丸出しなんですか？」

「それは、月の放出する魔力を利用する研究は今までもされていたんですが、誰も成功させた方がいないからです」

「ほほぅ、つまり、一流どころの魔道具技師の方々ができなかったことを、片田舎《かたいなか》の魔道具技師が成功させたと……ちなみに、何故できなかったのか、レミーさんはご存知で？」

ヒイロの問い掛けに、レミーは学校の魔法歴史学で習いましたからと前置きしてから、説明を始める。

「月から放出される魔力は、【魔力感知】にも反応しないような大変薄い物なのだそうです。それこそ霧《きり》みたいに。魔力を水と置き換《か》えて説明するなら、霧からコップ一杯分の水分を魔法や魔道具で集めようとすると、どうしてもコップ一杯分以上の魔力が必要となるみたいなんです」

「あー……月の魔力を集めるのには、集めた分量以上の魔力を必要とするわけですか……それは非効率ですねぇ」

ヒイロの言葉にレミーが頷くと、バーラットとシルフィーの話の方にも進展があったようで、ヒイロ達はひそひそ話をやめ、そちらへ視線を戻した。

「どうやら、本当に効率的な月の魔力を集める方法はあったらしく、完成した魔道具を作動させると、その魔道具はどんどん魔力を蓄《たくわ》えていったそうです。初めは核をセットし、その魔力で月の魔力を集めていたそうなのですが、ある程度集めてからは、今度は集めた魔力を利用して月の魔力を集めだし……」

話しながら段々と険しい表情になっていくシルフィーを見て、バーラットには事の結末が読めてしまった。

「集めるのに必要な魔力以外の余剰《よじょう》分の魔力が、瘴気に変換され放出されだした……か？」

バーラットの言葉に、シルフィーはコクリと神妙《しんみょう》な面持《おもも》ちで頷く。

「はっ！　始めっからその設計図は、半永久的に瘴気を生み出す為の魔道具のものだった訳か。それで、出所は分かっているのか？」

「いえ、設計図を持ってきた弟子の方は魔道具を止めようとしてその場に残ったようですから、もう、神の下へと旅立ったと思われます」

「ふ～ん……そこまで分かってるということは、情報元は逃げ出した師匠ってところか？」

「申し訳ありませんが、それは言えません。身の安全を教会が保証するという約束で、情報をいただいているもので……」

もう、答えを言ってるも同然な断《ことわ》り方をするシルフィーに、バーラットは嫌悪感を露わにしながらも、最後に一つ確認を取る。

「それで、この情報はホクトーリク王国には伝えてあるのか？」

「それは間違いなく。ですが、何やら王城で問題が起きているようで……報告に行ったこちらの者が『話は分かった』と元老院《げんろういん》の方から返答を受けたのですが、それから国の方で動きを見せる気配は無いそうです」

「元老院？　国王からでは無く？」

「ええ、間違いなく元老院からの返答だったそうです」

コクリと頷いたシルフィーに、バーラットは渋面《じゅうめん》を作る。

（……元老院のジジィどもめ、恐らく国王には伝えずに自分達で対応したな。あの国王なら、国民の危機を解決する手段が分かれば、自分のことは二の次にしてでも動く筈だからな）

「あの……それで今回の依頼ですが……」

バーラットが苦々《にがにが》しい表情をしていたために、依頼内容に不満があると思ったシルフィーが恐る恐る口を開くと、バーラットは表情を変えずにシルフィーを見据える。

「依頼はその魔道具の確認、可能なら破壊というところか？」

自分に向けられている怒りではないのだが、そうとしか受け取れない視線を向けられ、シルフィーはビクビクしながら頷く。

「瘴気の中に安全に入る方法は？」

「瘴気の影響を受けないように、私が防御魔法を使います」

「そうか……」

安全に瘴気の中に入る方法を確認したバーラットは、今度は背後のヒイロ達へと振り向く。

「俺は報酬《ほうしゅう》次第では受けてもいいと思っているが、どうだろう？」

「私は構いませんが、バーラットはいいんですか？　首都に着くのが遅くなりますが……」

「別に俺はあいつらの顔を早く見たいなんて思ってねぇよ。それに、元老院のジジイどものやらかした後始末をしとけば、後々何かと脅迫《きょうはく》の材料に……けふん、けふん……」

「……まあ、それならいいんですけど……」

何やら怪しげな単語を口にしたバーラットを、ジト目で見ながらもヒイロが了承《りょうしょう》すると、レミーも追従《ついじゅう》するように「私も構いません」と頷く。

そして、パーティの最後の一人、ニーアはというと……

「おい、ニーアはいつからこうなってた？」

ヒイロの胸元に収まっているニーアに目を向けたバーラットが、呆れた様子で呟く。

「う〜ん、バーラット達が来る前は起きてたのですが……」

そう。強制的に早起きさせられていたニーアは、難しい話で睡魔《すいま》に襲われ、ヒイロの胸元で寝息を立てていたのだった。

「おい、ニーア！」

バーラットが少し声を荒《あら》らげて呼び掛けると、ニーアはビクッと身体を震わせた後、大きく伸びをしてからゆっくりと自分を見ている仲間達を見渡す。

「ん〜……話は終わったの？」

「ああ、瘴気の中へ調査に行く依頼なんだか、ニーアはどうする？」

「よく分からないけど、ぼくはヒイロの意見に賛成だよ」

「……そうか」

危機感の危の字も感じさせないニーアのお気楽な返答に、バーラットは疲れを感じながらも再びシルフィーへと向き直った。

その顔は、仲間達に向けられていた穏健《おんけん》なものではなく、歴戦《れきせん》の冒険者を思わせるに十分な険しいものだった。シルフィーはそんなバーラットの雰囲気に気圧され、固唾を呑みながら彼の言葉を待つ。

「依頼を受ける前にこれだけは呑んでもらいたい。まず、俺達が危険だと判断したらすぐに撤退すること。それと、俺達の戦いの内容及び、今回の作戦に俺達が関与した事実を一切口外《こうがい》しないこと。この二つを約束してくれ」

「分かりました。私が崇《あが》める神に誓《ちか》って約束しましょう。ただ、戦い方を秘密にしたいのは分かりますが、今回の作戦に関与したことを黙っていて欲しいというのは、どういうことでしょうか？」

バーラットが出した条件を呑むことを、神に誓ってとまで言い切ったシルフィー。しかし、瘴気内の調査にバーラット達が関わることまで黙っていて欲しいと言われ、困惑気味に尋ね返す。

「解決できたならという仮定の話だ。まあ、本当は教会が関与したことも喧伝《けんでん》して欲しくないんだがな……」

「えーと……それは難しいかもしれません。恥ずかしい話ですが、教会の上層部には神への信仰以上に自身の保身や、教会の知名度などに固執《こしつ》する方もいらっしゃいますから……」

本当に恥ずかしそうにそう語るシルフィーに、バーラットはさもありなんと肩を竦める。

「まぁ、組織が大きくなればそういう輩がいることは分かるし、話をされてすぐに行動に出なかった国にも非はあるから、文句が言える立場ではないのだが……この地域の周辺に住む住民の教会への評価が上がり、国への信頼が下がることになるだろう。それ自体はいいが、俺達が関わっていたことを知られると、国……特に元老院から目を付けられかねんのだ」

「それは、逆恨《さかうら》みではありませんか？」

「それを、逆恨みとも思わずにやるのが長く権力にしがみついてる連中なんだよ。まぁ、元老院の中にも話の分かる奴はいるとはいえ、どうしてもそういう奴らは少数派でな。と、言うわけで、面倒な連中に目を付けられないように、俺達が教会に手を貸したことは黙っていて欲しいという訳だ」

「分かりました。そういうことでしたら約束しましょう。しかし、面倒事が嫌で名誉をあっさりと放棄《ほうき》するなんて、バーラットさんは欲のない方なんですね」

コロコロと好意的な笑みを浮かべるシルフィーに、バーラットは照れ隠しに口をへの字に曲《ま》げながら頭を掻く。

「別にそんなんじゃねぇよ。冒険者に名誉なんて、目立つだけでたいした役に立たんと思っているだけだし、この国に居を構える以上、元老院から目を付けられたくないだけだ。そんなことよりも、報酬の話に移ろうか」

あからさまな話のそらしかただったものの、報酬の話と聞いて、リラックスモードに入っていたシルフィーの表情が引き締《し》まる。

「一応、一人当たり前金として大金貨一枚。成功したあかつきには大金貨三枚をご用意できますけれど……」

「ほう、気前がいいな……と言いたいところだが、瘴気の中に入る仕事にしては、ちと弱いな」

シルフィーの提示した額に、バーラットは目を細める。

「と、言いますと？」

「一人頭、前金三枚。成功報酬五枚でどうだ？」

「それは高すぎます！　せめて前金一枚。成功報酬四枚で……」

「はっはっはっ、話にならんな――」

バーラットとシルフィーの値段交渉が白熱していく中、ヒイロとレミーは少し冷めた様子でそれを見守っていた。

「冒険者の値段交渉って、いつもこんなに白熱するものなのですか？」

「いいえ、普通なら冒険者ギルドに依頼者が依頼した時点で冒険者ギルドの方で大まかな適正値段を決めるので、値段交渉自体ありません。今回は冒険者ギルドを通していない依頼なので特別ですね」

「ほほぅ、そうでしたか。しかし、バーラットはだいぶ手慣れているようですが、今まで結構やってるんじゃないですかね」

「冒険者ギルドに登録している冒険者が冒険者ギルドを通さない仕事を受けるのは、あんまり褒められたものではないのですけどね」

「前金大金貨三枚。成功報酬大金貨四枚。これ以上はまからんぞ」

バーラットの気合のこもった値段交渉に、シルフィーは「ううっ」と、押され気味に唸《うな》る。

「どうやら、バーラットが押してるみたいです。これで決まりですかね」

「さぁ、それはどうでしょう。シルフィーさんの目はまだ死んでませんよ」

レミーの言葉に応じるように、シルフィーの瞳がキラリと光る。

「ふぅ……聖職者としてこのような手段は使いたくなかったのですが、仕方ありません」

シルフィーは覚悟を決めた表情でそう呟くと、力強くバーラットを見据えた。

「ヒイロさんの新魔法の口止め料。それを込みで前金大金貨二枚。成功報酬大金貨三枚でどうですか？」

「ぐぅ！　俺達のことは口外無用と約束した筈だぞ！」

「それは、依頼中の戦闘内容の話ですよね。私がたまたま見てしまった、ヒイロさんのあの新魔法についてはそれに含まれてはいないと思いますが？」

シルフィーの言い分に、バーラットは思わず口ごもった後、観念したようにため息をついた。

「……思ったよりも腹黒《はらぐろ》いな」

「教会も綺麗事だけでは上を目指せませんから……」

とても残念そうにのたまうシルフィーに、バーラットは苦笑いを浮かべた。

第8話　出会いは突然に

コンコン——

決まった依頼内容と条件を書いた依頼書二枚に、バーラットとシルフィーがサインしたところで、部屋の扉がノックされた。

「誰だ？」

「さぁ、この街に知り合いはいませんけど」

自分達を訪ねてくる人の心当たりがないバーラットは、この部屋の主であるヒイロへと視線を向けたが、ヒイロも心当たりが無く首を傾げる。そんな中、シルフィーが「あっ」と声を上げた。

「今回の調査にもう一人、同行者がいることを話すのを忘れていました」

申し訳なさそうにそう語るシルフィーに、全員の目が集まる。

「同行者？　冒険者か？」

「はい。私がこの街に来る時に護衛《ごえい》をしてもらっていた方なのですが、とても強い方だったので、調査の方もお願いしたんです。ここに来るまでにも、山賊をアジトごと退治したのですよ。それも全員殺さずに」

シルフィーの言葉に、思い当たる節があるヒイロ達が「ああ」と声を上げる。

「宿に帰ってきたらこの部屋に来るように言伝をお願いしてたんです。こちらに招《まね》いてもよろしいでしょうか」

ヒイロが頷くと、シルフィーは扉の方に歩いていった。

「山賊って、アレですよね」

「だろうな。話がややこしくなるから山賊の報奨金の件は黙っておけよ」

「それは、少し悪いような……」

「なーに、値切られた依頼料の分とでも思っとけ」

値切られた分にしては金額が大きいのではとヒイロが苦笑していると、シルフィーが扉を開け、一人の少女を部屋に招き入れる。

「ネイです」

部屋に入るなり自己紹介した少女は、歳《とし》の頃は十五、六。肩で切りそろえた黒髪の活発そうな子で、革製の防具を身に纏い、その上からローブを羽織《はお》っていた。

ヒイロは知る由《よし》もないが、このネイと名乗る少女は、ヒイロと同時に異世界召喚された勇者のうちの一人、橘翔子《たちばなしょうこ》だった。北に向かった魔族の幹部《かんぶ》の調査のため、半ば《なか》厄介払いのような形で他の勇者達に追い出された彼女は、ネイという偽名《ぎめい》を名乗って北方へ向かい、ホクトーリク王国に入っていた。そして道中出会ったシルイフィーの護衛として、この街に入ったのだ。

そんな彼女の正体《しょうたい》を知らないヒイロは、笑みを浮かべて挨拶に応じる。

「これは御丁寧に、私はヒイロです」

「……スーツ？」

彼の姿を見た少女が驚きの呟きを漏らし目を見開いたのを見て、ヒイロは怪訝《けげん》そうにその眉を寄せる。

「…………」

「…………」

ヒイロとネイは、互いに見つめ合ったままで、次の言葉を発せられずにいた。

ネイはスーツを着るヒイロに。ヒイロはスーツという言葉を発したネイに。

互いに同郷ではないかという淡《あわ》い期待を持ちながらも、もし違ったら自分の特殊な出自がバレてしまうのではという恐怖心から、迂闊《うかつ》に言葉が出せなくなったのである。

変に張り詰めた空気が漂う中、意を決してヒイロが口を開こうとした瞬間、その懐にいたニーアが元気に手を上げた。

「は～い、ぼくはニーア、ヨロシク！」

「えっ！　……」

緊張で硬直《こうちょく》していたネイが意表を突かれた場所から声をかけられ、視線を鋭いものに変えてヒイロから彼の胸元へと移す。

そしてそこで飛び込んできたニーアの愛くるしい姿に、その目を大きく見開いた。

「まさか……妖精ですか？」

「うん、そうだよ」

ニーアが能天気にそう答えると、ネイも少し緊張がほぐれたのか、笑みを浮かべて「ヨロシクね」とニーアに返事をしていた。

ヒイロとネイの間に生まれていた妙な緊迫感《きんぱくかん》が無くなったところで、バーラットとレミーが近付き、すかさずネイと挨拶を交わす。

その間にニーアは神妙な面持ちでヒイロを見上げた。

「ヒイロ、さっきあの子に何を言おうとしてたの？」

「いや～、同郷ではないかと思いまして、確認しようと思ったのですが……」

珍しく真面目《まじめ》な雰囲気を醸《かも》し出《だ》すニーアに、ヒイロがどことなくバツが悪そうに答えると、ニーアは小さくため息をついた。

「ヒイロ、それは確証《かくしょう》を持ってからの方がいいんじゃない？　ヒイロが何をもってそう思ったか知らないけど、レミーの故郷みたいに、ヒイロの故郷と似たような発展を遂《と》げている地域もあるんだし、同じ服が存在してる可能性もあるでしょ？　憶測《おくそく》だけで迂闊なことは言わない方がいいと思うな」

ニーアの正論に何も言えなくなったヒイロは、「もっともです」と頭を下げるのだった。

一方バーラットは、ネイとの交流がてら仕事の確認をするべく話を進めていく。

「ところで、俺達はシルフィー嬢《じょう》と、今回の依頼に俺達が関わった事実を口外しないことと、俺達の手の内を明かさないという内容の契約を結《むす》んでな……ネイ嬢にもそれを呑んでもらいたいんだが」

「契約……ですか？」

「ああ、冒険者なら当然の話ではあるが、一応確認は取っておきたくてな」

バーラットの言葉に首を捻《ひね》るネイに、バーラットは念を押すように確認を取る。

冒険者には様々な取り決めがあって、その中の一つに、同業者の手の内を明かさないというものがある。

冒険者にとって自分の手の内を晒《さら》されるのは死活問題になる。そのため、そのようなことを吹聴《ふいちょう》する冒険者は信用を失い、パーティを組む者は勿論、合同でクエストを受ける者もいなくなってしまうのだ。

特に冒険者ギルドの規則というわけではないとはいえ、そういったことから、冒険者の間では暗黙《あんもく》の了解となっていた。

バーラットは、そのくらいの常識は知っているだろうとは思いつつ、彼女が若かったために一応念を押したのだが、当のネイは違うことで引っかかっていた。

それを確認するために、ネイはシルフィーに視線を送る。

「シルフィーさん、今回の依頼は、単に瘴気内で護衛をするというものではなかったのですか？　護衛任務の内容を口外しないって、どういうことなんです？」

ネイの素朴《そぼく》な疑問の言葉に、今度はヒイロ達がシルフィーへと視線を向ける。その視線には依頼内容を詳しく話していないのかという、非難の色が見て取れた。

皆から凝視《ぎょうし》されたシルフィーは、額に冷や汗をかきながら引き攣った笑みを浮かべつつ、弁解を始める。

「バーラットさん達には説得のためにやむ無く話しましたが、本当は情報提供者の話は極力話したくなかったのです。ネイさんは、その……護衛をお願いしたら二つ返事で了承してくれたものですから……」

「それで、細かい話はしなかったわけか」

しどろもどろの弁解をバーラットが簡潔《かんけつ》にまとめると、シルフィーはコクンと頷く。

「勘弁《かんべん》してくれ……いくらルーズな冒険者でも、そんな話は契約に入っていないと言われて契約破棄《けいやくはき》されても文句は言えないレベルだぞ。それでなくても、冒険者内で依頼の目的があやふやだと、いざという時足並みが揃わなくなるというのに……とりあえずネイ嬢にはちゃんと説明しといてくれ」

バーラットの呆れた様子の言葉に、シルフィーは反省するように項垂《うなだ》れながら頷いた。

「瘴気の発生源の確認。また、できるなら破壊ですか……」

本来の依頼目的をシルフィーから聞いたネイは、確認するように内容を呟く。

「……いかがでしょうか。報酬はできる限り要望に応えますので……」

完全に下手《したて》に出ているシルフィーに、ネイは小さく嘆息する。

「報酬は多いに越したことはないですけど、大前提として瘴気をなんとかしないと、土地を追われる人がどんどん増えていくんですよね」

「ええ、その通りです」

「だったら、何とかしないわけにはいかないじゃないですか」

諦めにも似たネイの言葉に、暗かったシルフィーの表情が一瞬で輝いた。

「困っている人をほっとけず、迫り来る脅威《きょうい》に背を向けない。まるでネイさんは伝承に出てくる勇者のようです！　やっぱり、ネイさんとの出会いも神のお導きだったんですね。

ありがとうございます、我《わ》が主よ！」

ネイの人柄に感動し、胸の前で手を組み天を見上げて自分の世界に入るシルフィー。

一方ネイは、『勇者』という単語を聞いてビクッと身体を震わせていた。

「ネイさん……困ってる人はほっとけないなんて、随分と甘い考えをお持ちみたいですね」

二人のやりとりを傍から見ていたレミーが、特に感情を見せずにポツリと呟く。その呟きに嘲笑《ちょうしょう》の色は見えないが、それを聞いたバーラットが鼻で笑ってみせた。

「確かに冒険者としては似つかわしくない考え方だが、アレよりももっと甘い奴が身近にいるだろう」

「身近に……ああ、ヒイロさんですか。ヒイロさんはいいのです。甘さに見合った強さを持っているのですから。はたしてネイさんに、それがあるのでしょうか？　無いのなら、その甘さは自分自身のみならず、周りにいる人達も危険に晒す可能性があることを、彼女は知っているのでしょうか？」

レミーのドライな物言いに、バーラットは頼もしさとともに恐ろしさも感じて、再び静かに笑みを浮かべた。

「私も目立つことは避けたいので、バーラットさん達と同じ条件で契約させてもらっていいでしょうか」

シルフィーが現実世界に戻ってきたのを見計《みはか》らいネイがそう申し出ると、シルフィーは『皆さん慎《つつし》み深いのですね』と好意的に捉えて、手ばやく依頼書の準備を始める。

その準備をしている間、ヒイロ達はネイへと近付いた。

「ネイ嬢、本来ならこんなことは聞かんのだが、今回は何が起こるか分からない瘴気の中。できればネイ嬢の戦闘方法を教えてもらえるとありがたい」

「そうですね。各々が何ができるのか、知っていれば緊急《きんきゅう》時に慌てなくてすみそうですね。分かりました、私の戦闘スタイルは剣。まぁ、これは素人《しろうと》に毛が生えた程度ですけど」

言いながらネイは腰の剣の柄をポンポンと叩いて見せる。

「それと、短距離の高速移動と雷系の魔法です。こちらはそれなりの戦力と思っていただいて構いません」

「雷の魔法……それはまた勇者にぴったりの魔法ですねぇ」

かつてハマったRPGを思い出し、思わずヒイロが口走ってしまう。

その『勇者』という言葉に反応したネイがキッと睨み、ヒイロはすかさず視線をそらした。

それからヒイロ達も自分の手の内をほんのさわりだけ説明し、少しネイと打ち解《と》けたものの、ヒイロとネイの間の微妙《びみょう》な空気は、結局払拭《ふっしょく》できなかった。

第9話　出発は疑心《ぎしん》と共に

瘴気との境界まではキワイルの街から徒歩《とほ》で二日、馬車でも一日かかる。依頼を受けたヒイロ達とネイ、それに依頼主のシルフィーは翌日の早朝、教会が用意した馬車に乗り込み、早速キワイルの街を出発した。

ヒイロとネイの微妙な空気の中、馬車は静かに街道を北上する。

（昨日の雷系の魔法が勇者らしいって言葉、あの有名RPGの話よね……やっぱりこのおじさん、日本人なんじゃないかな……あっ、でも、この世界には前にも勇者が現れてるっていうし、その勇者が雷系の魔法を使ってた可能性もあるわよね……ああっ！　分からない！）

ネイはチラチラと正面に座るヒイロを盗《ぬす》み見ながら、表面上は平静を装いつつ、内心悶《もだ》えていた。

それはかつて、教室でゲームやアニメの話をするクラスメート達の会話に加わりたいという欲求を抑《おさ》えつつ聞き耳を立て、そのことは臆面《おくめん》にも出さずにリア充《じゅう》の友人と話をしていた時にも似ていた。話したいけど話せないヤキモキした気持ちに、ネイは苛立ちにも似た焦燥《しょうそう》を覚えていた。

（こうなったらちょっと失礼だけど、【森羅万象の理《しんらばんしょうことわり》】を使わせてもらうしかないわね。ごめんね、おじさん）

若さゆえか、分からないことを分からないままにしておけなかったネイは、全てのものを鑑定《かんてい》できる【森羅万象の理】を、心の中で謝罪しながらも使用する。そして、ヒイロの胸元辺りに現れたステータス表示に目を通し始めた。

（名前は……カタカナ表記でヒイロか……やっぱり日本人じゃないのかな……って――）

「ええっ！」

思わず叫んでしまい、慌てて口を両手で押さえたネイだったが、そんなに広くない馬車の中でその声が皆に聞こえないわけがなく、全員の視線が集まった。

「どうしましたネイさん？」

普段物静かだったネイが突然大声を上げたことに目を丸くして尋ねるシルフィーに「すみません、なんでもないんです」と謝りつつも、ネイはヒイロの胸元のステータス画面から目が離せない。

名前：ヒイロ　Lv1223　状態：正常
HP　367260／367260

MP　3672275／3672275
体力　120　　筋力　110
敏捷度《びんしょうど》　95　　精神力　150
魔力　125
〈スキル〉
――――
〈魔法〉
ファイア　ウォーター　コールド　ライト　エアブレード　グランドフォール
パーフェクトヒール

（レベル1223。HP、MP、3670000オーバー……そのくせ能力値は平均100前後ってどゆこと⁉　……勇者でもHPとMPは30000くらいで、能力値の平均は10000前後なのに……まさか！　ステータスを偽装《ぎそう》できるスキルでも使ってる？　だとすると、名前も偽装できる可能性があるかな……でも、鑑定系スキルの最上位である【森羅万象の理】を騙《だま》せるスキルなんてあるの？　第一、能力値は偽装しといてレベルとHP、MPは偽装しないってありえないよね……）

いくら【森羅万象の理】とはいえ、完全に同化していないスキルは読み取れない。当然そのスキルの効果も読み取れる筈はなく、【超越者】のプラス補正《ほせい》までは見られないネイの目には、ありえないほど極端《きょくたん》な数値のステータスが映っていた。

ステータスを盗み見たことで、余計にヒイロのことが分からなくなったネイは、ますます彼が気になってしまい、前以上にチラチラと盗み見るのだった。

その一方で――

(私の他に呼ばれた勇者――じゃないんでしょうかね)

今、ヒイロの思考の七割は、その疑惑で埋《う》め尽くされていた。

(私の格好を見てスーツと言ってましたし……でも、ニーアに言われた通り、確かにこの世界に来た先人達がスーツを作ってないとは言いきれませんよね。はてさて、どうしたものか……)

「ヒイロ、聞いているのか？」

ネイに視線を向けると、あからさまに視線をそらされる。そんなやり取りを繰《く》り返していたヒイロは、バーラットに声をかけられ、我に返り慌てて視線を向けた。

「すみません。ちょっと考え事をしてました。それで、瘴気内に確実にいると思われる妖魔の話でしたっけ？」

「ああ、妖魔は魔物の中でも特殊でな。とにかくずる賢《がしこ》い」

「ずる賢い……それだけ聞くとなんか小悪党みたいですね」

「小悪党なんて可愛いもんだよ。あいつらのずる賢さは、全て他者へのいたずらや嫌がらせに使われるんだからね」

ヒイロの肩に座っていたニーアが、ヒイロのズレた妖魔への印象を修正しようと会話に加わる。ところがそのセリフは、ヒイロの妖魔への印象を更にズレさせることとなり、ヒイロは「ん？」と小首を傾げた。

「いたずらや嫌がらせですか……なんか、今度は小狡《こずる》い子供のような気がしてきたんですが……」

「あー、違う違う。奴等からしたらいたずらや嫌がらせの感覚かもしれんが、仕掛けられた方からすればたまったもんじゃない内容なんだよ」

どんどんズレていくヒイロの妖魔に対する認識を、バーラットが慌てて否定する。

「例えばどんないたずらなんですか？」

「木の上から刃物を落としたり、かどわかして底無し沼《ぬま》や魔物の巣に誘い込んだり、だな」

「あと、落とし穴に落として、弱っていく様《さま》をただただ観察するってのも聞いたことあるね」

バーラット、ニーアの順番で具体例を出すと、頬を引き攣らせるヒイロ。

「それ、下手したら……いえ、しなくても普通に死にますよね」

「ああ。だが、奴等からすればそれは些細《ささい》なことでな。奴等はそうして引っかかった奴を見て楽しめればいいのさ」

「それは……」

ある意味では無邪気であり、それ故に残忍《ざんにん》な妖魔の本質を知り、ヒイロは絶句《ぜっく》する。

ヒイロの様子から妖魔のことが理解できたのだろうと判断して、バーラットは満足気《まんぞくげ》に話を進めた。

「妖魔の中で一番ポピュラーなのは邪妖精だな」

「うん、あいつらは最悪。出会うと集団で囲って人を虐《いじ》めぬいちゃうんだ。それを見てクスクス笑い続けるんだよ」

ニーアの嫌悪感丸出しの説明を聞いて妖精にたかられる様《さま》を想像したのか、絶句していたヒイロの表情が、げんなりしたものへと変わっていく。

そんな中でヒイロは、野生的な魔物と違い、妖魔は人間の悪意を増大し、醜悪《しゅうあく》にさせたような魔物ではないかと考え始める。

「えーと、妖魔の知能ってどのくらい高いんですか？　先程から聞いていると、人間並みに高そうに聞こえるのですが」

「知能は人間並みかそれ以上だな。上位の妖魔となると、姿形も人間に近いうえに、幻《げん》術系《じゅつけい》の魔法が得意な奴が多いから更に始末が悪くなる」

「他者を苦しめるのが好きな幻術使いですか……」

「ああ、戦い方もいやらしい物が多いな。実力的には相手より勝《まさ》っていても、真正面《ましょうめん》からは戦わない。奴等にとって戦いとは、相手に勝つためより、自分の策や術にハマって慌てふためく様《さま》をみて楽しむためという要素の方が強いようだ」

バーラットの説明を聞き終わり、ヒイロには一つの疑惑が浮かび上がっていた。

「もしかして、瘴気を生み出す魔道具の設計図を渡したのは上位の妖魔なのではないですか？　自分達の住み良い土地を得るために」

その疑惑を口にすると、バーラットが難しい顔で考え込む。

「う～ん、その可能性は俺も考えたんだがな」

「妖魔の性質は快楽的であり破壊的です。故に、物を創造するようなスキルは持ち合わせていない筈なのです」

バーラットの言葉に続けたのは、ネイの隣に座っていたシルフィー。

「魔道具とは【魔道具技師《まどうぐぎし》】のスキルを持たないと、作ることは勿論、設計図を作成することもできないのです。ですから、先程のヒイロさんが言った可能性は無い筈です」

「ふむ……設計図を書いた者は妖魔ではないのですか……となると、瘴気を生み出す魔道具なんて、一体、誰が考えたんでしょうね」

「……魔族」

　ヒイロの疑問に答えるように、ネイがポツリと呟く。それは、気になっていたヒイロの言葉に無意識に答えた形で出た呟きだったが、その発言に全員の視線がネイへと集中した。

「魔族って、集落ごとに点在して住んでる方達のことですか？　彼等は比較的温厚《おんこう》な方達ですけど？」

「ネイさん。何か心当たりでも？　彼等は完全に人間と共存しています。大地に瘴気を振り撒《ま》いて、彼等に得があるとは思えませんが」

　純血《じゅんけつ》の魔族の存在を知らないレミーとシルフィーが、ネイに発言の意味を問いかけると、ネイはハッとなり慌てた様子で弁解を始めた。

「すみません、確証がある話ではないのです。南西の方で人と敵対する魔族の噂を聞いたもので、つい口がすべってしまいました」

「人と敵対する魔族ですか……教会の情報網《もう》には無い話ですね」

「ええ、ですから単なる噂だと思います」

　アタフタと言い訳がましい言葉を並べるネイを、ヒイロ、バーラット、ニーアの三人は静かに見つめる。そして、おもむろにバーラットが小声で話し始めた。

「おい、ヒイロ。もしかしてネイとお前の様子がおかしかったのは……」

「ええ、もしかしたら同郷の方ではないかと思いまして……確認しようとしたらニーアに止められましたけど」

「うん。ヒイロったら、さしたる確証もないのにネイにストレートに聞こうとしたから、ぼくが止めたんだよ」

「うむ、ニーアの判断は正解だな。だが、ヒイロの予感も正解かもしれん……」

バーラットの言葉に、三人は再びネイへと視線を戻す。限りなく黒に近い確証を持ちながら。


夕暮れ時には瘴気の手前に辿り着いた一行は、街道脇の草原で野営の準備を始めていた。

「では、帰りは徒歩で戻りますので、貴方はお気をつけてお帰りください」

「かしこまりました。シルフィー様に神のご加護《かご》を」

シルフィーはここまで馬車の御者《ぎょしゃ》を務《つと》めてくれていた若い神父を帰すと、ヒイロ達の方に向き直る。

「さすがに手際《てぎわ》がいいですね。もうテントを張り終わってるなんて」

バーラットは勿論、レミーやヒイロも野営の準備は手慣れたもので、ちょっとした間にテントを張り終わり、手頃な石を集めてかまど作りを始めていた。

テントはバーラットとヒイロ、ニーアの三人の頃は無かったのだが、レミーのパーティ加入により、さすがに必要だろうということで買った物で、三人は寝られるそれなりの大きさだ。

「テントといっても、木の骨組みに布を被せて端《はし》っこに重しの石を置くだけみたいですけど、あっという間に作ってしまいましたね」

言いながらシルフィーの下へネイが近付いてきて、二人は感嘆《かんたん》の眼差《まなざ》しでヒイロ達の作業を見ていた。

「ネイさんは野営は慣れてませんか？」

「ええ、一人で行動してたので、危険を避けて移動はもっぱら乗り合い馬車を使っていましたから。乗り合い馬車でも一日で目的地に着かない時は野営でしたけど、その場合、野営の準備は乗り合い馬車の関係者がやってくれてましたから」

「私も似たようなものですね。キワイルまでネイさんとご一緒した時も乗り合い馬車を使いましたものね」

「途中で山賊に襲われましたけど」

「あの時はビックリしましたわ。護衛の冒険者の方達が怪我《けが》をされたところで颯爽《さっそう》とネイさんが馬車から降り、あっという間に山賊達を蹴散《けち》らしたと思ったら、それを追いかけていって……しばらくして帰ってきたら、『アジトごと潰したので、もう襲ってこないと思います』ですもの」

シルフィーがその時のことを思い出し、照れるネイを見てクスクスと笑っていると、ヒイロがファイアの火球をかまどに敷《し》かれた薪《まき》に放った。

魔法の形からファイアボールだと思ったネイとシルフィーは、その後に起こるであろう爆発《ばくはつ》を想像して咄嗟《とっさ》に両手で顔を庇《かば》い身構える。

しかしそんな二人の心配をよそに、ファイアの炎は薪に着弾するとそのまま静かに燃え始めた。

「あの魔法、なんでしょう？　ファイアボールみたいでしたけど、着弾した後で炸裂《さくれつ》しませんでしたよね」

警戒《けいかい》を解き、要らぬ心配をした恥ずかしさを紛らわせるために口数が多くなったネイに、シルフィーは視線を炎に向けたまま答える。

「あれは、炎の原始の魔法、ファイアだったようですね。ただ着弾して燃えるだけという使い道の少ない効果だけに、魔導書は勿論、会得者《えとくしゃ》もほとんどいない魔法です」

「はあ……着弾して燃えるだけですか……着火用の魔道具で事足《ことた》りる魔法を、何でヒイロさんは会得してるんでしょうか？」

「さあ？　それは本人に聞いてみないと……」

世間からは無用の烙印《らくいん》を押された魔法を使う様《さま》を二人が不思議そうに見ていると、その視線の先では、ヒイロが土鍋を出してかまどに置き、ウォーターで水を出して入れ始めた。

一連の動きに、ネイとシルフィーがギョッとする。

「……シルフィーさん……あれ、何です？　手から水が出てますけど……衛生上大丈夫なんですかあの水……」

おっさんの手から出る水が明らかに調理に使われようとしているのを見て、ネイは動揺《どうよう》しながらシルフィーに確認を取る。

「えっと……水の原始の魔法、ウォーターですね……多分……見た目はアレですけど、純《じゅん》粋《すい》な……綺麗な水の筈です……」

知識では分かっていても、やはりおっさんの手から出た水というインパクトは年頃の女性には強いらしく、シルフィーは『大丈夫な筈です』と自分に言い聞かせながら解説する。

そんなヒイロの下に、ネイと同い年くらいのレミーがコップ片手に近寄ってくる。そして、ネイがもしかしてと固唾を呑んでいる視線の先で、予想通りレミーはヒイロにコップを手渡した。

（まさか……直《じか》で飲む気なのアレを！　加熱したものならともかく、直は無いでしょう、直は！）

ネイが戦慄《せんりつ》を覚える中、コップを手渡されたヒイロは手から出した水を注ぎ、さらにコールドで冷やしてレミーへと渡す。レミーはそれを美味しそうに飲み干した。

実際には、ウォーターの水はヒイロの手の平から少し離れた場所で生み出されている。しかし数メートル離れた場所からだと、ヒイロの手の平から直接出ているようにしか見えず、ネイとシルフィーはそれを美味しそうに飲むレミーを、内心狼狽《うろた》えながら見つめていた。

「アレを躊躇《ちゅうちょ》なく飲むの？　……勇者だわ」

「レミーさんはヒイロさんのパーティメンバーですし……慣れてるんですね……それにしても、ヒイロさんが手渡したコップ、水滴がついてましたわ。あれはコールドの魔法を併《へい》用《よう》して水を冷やしたのでしょうか？　何故そんな手間を掛けるのでしょうね」

冷えた水と聞き、ネイの喉《のど》がゴクリと鳴る。

常温の水しか飲んだことのないシルフィーと違い、冷えた水の美味しさを知っているネイには、おっさんの手から出たという事実を差し引いても、その水がとても美味しそうに見えた。

「とりあえず不慣れとはいえ、ただ見ているわけにもいきませんし、何か手伝いにいきましょう」

シルフィーの提案にネイが頷き、二人はヒイロ達の下に歩み寄った。

「「あっ！」」

テーブルの準備を任され、テーブルクロスを敷き皿を並べていたネイとシルフィー。その傍でヒイロが水差しにウォーターの水を入れているのを見た二人は、思わず叫んでしまった。

「どうしたのです？」

「いえ……その……その水は直接手から出ていたわけではなかったのですね」

突然驚きの声を上げた二人に、ヒイロが不思議に思い尋ねると、シルフィーがしどろもどろにその理由を述べる。

ヒイロがウォーターで作り出していた水は、手の一センチほど先の空中から生み出されていたのだ。

「ははっ、水流死滅波《すいりゅうしめつは》の使い手じゃあるまいし、そんなに自在に水を操るような真似《まね》はできませんよ」

それはいつものヒイロ流の例えで、昔ハマっていたアニメに出てきた水使いの技名だった。ヒイロ自身、またいつものように誰にも理解されないことぐらい分かって言っていたのだが、今回は違った。

ヒイロの言い回しに既に慣れてスルーしているニーア達や、ヒイロが何を言っているのか分からずにポカンとしてしまっているシルフィーと違い、ネイが大きく目を見開いていたのだ。

（今のはもしかしてアレのこと？　小さい頃に再放送していたアニメの……でも、この世界なら水を自在に操る人っていそうだし、たまたま同じ技があるのかもしれないし……あっ！　どうすれば……）

ネイが言うべきか言わざるべきか悩んでいると、脇からレミーができ上がった料理を次々と並べ始めた。その匂いに懐かしさを感じて、ネイは思わずそちらに目を奪われる。

丸テーブルの上にあるのは、パンや果物などのこの世界で見慣れた物。それらの他に、手の平サイズのベージュ色の丸い物が載った皿と、ぶつ切りにされた伊勢《いせ》エビのようなでかいエビ入りの茶色いスープが入ったお椀《わん》があり、ネイの視線は完全にその二つに釘付けになってしまった。彼女の隣では、シルフィーが小首を傾げながらネイと同じものを見つめている。

「なんだ、今日のおにぎりは味付け無しか」

「ええ、塩だけで握りました。味噌汁との相性《あいしょう》がいいですから、試《ため》してみてください」

（やっぱりおにぎりと味噌汁なの！）

おにぎりや味噌汁という単語を普通に使うバーラットとレミーを、ネイは驚きの表情で見やる。

「これはオニギリとミソシルと言うのですか。初めて見ました」

興味深そうにそう呟いたシルフィーに、レミーがにこやかに微笑んだ。

「私の故郷の料理なんです。私も海産物を入れた味噌汁は初めてですけど」

「おい、ヒイロ。このミソシルってやつ、随分とゴツいのが入っているが大丈夫なのか？」

「殻《から》まで食べなければ大丈夫ですよ。エビの出汁が出てますから美味しい筈です……コールド」

レミーも初めてと聞き、バーラットが不安な声を上げると、ヒイロは笑顔でそれに応えながら、水差しにコールドの魔法を掛ける。するとそれを、シルフィーが不思議そうに見つめて問いかけた。

「何故、水を冷やすのですか？」

「冷えた水の方が美味しくないですか？」

「温くても冷えてても、水は水だと思うのですが……」

納得していない様子のシルフィーに、ヒイロはものは試しだとすすめてみる。

「それでしたら、ぜひ後で飲んでみてください。喉が乾いている時に飲む冷たい水は美味しいですから。何故誰もやらないのか不思議なくらいです」

「先程のファイアやウォーター、コールドもそうですけど、確かに便利なんでしょうが着火の魔道具や水筒《すいとう》があれば事足りるのに、わざわざ魔法で代用しませんよ。そんなことでMPを消費しては、いざという時に対応できなくなりますから……そして、使わないと分かっている魔法を覚える魔道士はいません」

シルフィーの言葉になるほどと納得しているヒイロの傍《かたわ》らで、ネイは『そりゃあ、あんだけMPがあったら、そんなこと気にせずに魔法を使うでしょうよ』と呆れたように頷いていた。

「ぷふぁ〜……食後の冷たい水、美味しいですね。それに、オニギリとミソシルも美味しかったです」

食後に冷たい水を飲み干し、満足気に感想を述べるシルフィー。

そんな彼女にヒイロは「お口に合ったようでよかったです」と言いながら席を立ち、桶《おけ》に水を張り始めた。

ご飯や味噌汁が口に合わなかったらという配慮《はいりょ》で用意されていたパンだったが、その配慮は杞憂《きゆう》に終わっていた。特にネイなどは、『ああ、久しぶりのご飯……』と感慨《かんがい》に浸《ひた》りながら食べており、今もその余韻《よいん》の中にいた。

ヒイロが桶に水を張り終わると、テーブルの上の食器を集めて持ってきたレミーが、桶の水でその食器を洗い始める。

そして、洗い終わった端からヒイロに手渡し、ヒイロは渡された食器を次々とマジックバッグ経由で時空間収納に収めていった。そんな息の合った後片付けを見せるヒイロとレミーを、ネイは横目で見やる。

「……このお米と味噌……って言うやつはどこで手に入れたんですか？　この大陸を結構歩いてますけど、今まで見たことがありませんでした」

米と味噌に興味を示したネイに、ヒイロは思わず口元を緩《ゆる》める。

「これは、ギチリト領で手に入るものですよ。興味がおありで？」

「えっ！　……ええ、美味しかったものですから……」

「なんでも、ギチリト領では十年ほど前から作り始めたそうです。こちらのレミーさんがそこの出身でして、そのツテで手に入りました。ちなみに、レミーさんは忍者です」

「忍者！　……そうなんですか……」

ネイの反応に、ヒイロは目をキラリと光らせる。

「おや？　ネイさんは忍者が何なのかご存知なんですか？」

「……えっ！　……それは――」

少し意地が悪かったでしょうか、と少し反省しつつも、ヒイロの誘導尋問《ゆうどうじんもん》の効果はあったようで、ネイが口ごもってしまう。そして、次のネイの言葉を待っていたその時――

「いやーーーーーーー！」

街道の方から甲高《かんだか》い悲鳴が響いてくる。

その悲鳴を聞いて全員の間に緊張が走り、一斉にそちらの方を向きながら立ち上がった。

第10話　邪妖精と察し合う二人

皆の視線の先には、二十人ほどの黒い妖精のような生き物に引《ひ》き摺《ず》られていく十歳くらいの少女の姿があった。

それを見た瞬間、ネイとヒイロが条件反射で動く。ネイはそのまま少女目掛けて走り出し、ヒイロは直線上にあったテーブルを飛び越え彼女を追う。

「おい、お前ら熱くなるなよ！」

二人が冷静さに欠けていると思い、叫んだバーラットだったが、それでも駆けている二人の動きに変化は無く、「くそっ！」と悪態をついて二人の後を追い始める。更にその後を慌てた様子でシルフィー、レミー、ニーアが追った。

「クスクス……この子でどうやって遊ぶ？」

「瘴気の中に引きずり込んで、どれだけ持つか賭けない？」

「あっ、それいいね～。大人だと半日くらいだから、この子はどのくらい持つかなぁ……」

黒い妖精――邪妖精に近付くにつれ、愉《たの》しげな様子のそんな会話が耳に入り、ネイは焦燥の思いが激昂《げきこう》に塗り替えられていくのを感じながら、怒りで顔を歪めた。

「ふざけるんじゃないわよ……その女の子は貴方達のおもちゃじゃないのよ！　【縮《しゅく》

地《ち》】！」

怒りにまかせてスキルを躊躇無く発動させたネイは、背後に続くヒイロにすら消えたと思わせるようなスピードで、邪妖精に引き摺られる少女の下へと一気に走り寄った。

「えっ、何こいつ？」

「邪魔する気？　だったら貴女も――ぎゃっ！」

突然現れたネイに威嚇《いかく》行動を見せようとした邪妖精を、ネイは少女を傷つけないように気をつけながら手の甲《こう》で払い除《の》ける。

更に、針《はり》のような槍を手に持ち始めた邪妖精達から庇うために少女を抱《だ》き抱え、その身に邪妖精の槍を受けながらも必死に邪妖精達を手で払い続けた。

（痛《つ》うっ！　……チクチク痛いわね！　ああ、もう！　この子がいなかったら【雷帝《らいてい》】で黒焦《くろこ》げにしてあげるのにぃ！）

雷を操るスキル【雷帝】では保護した少女を傷つけてしまうと、ネイはひたすらに邪妖精の攻撃に耐えるのだった。

（今のが短距離の高速移動というやつですか……魔法ではなさそうですね。スキルでしょうか）

少女の下にネイが辿り着いたのと、目の前でネイの怒り狂った様子を見ていたために妙に冷静になってしまったヒイロ。彼は突然消えたように見えたネイの能力を分析しながら、静かに歩を進めていた。

しかし、少女を庇うためにネイが劣勢に立たされているのを見て、再び慌て始める。

（さすがに女の子を庇いながら、あの小さな連中の大群《たいぐん》を相手取るのは不利ですか……得意だという雷系の魔法も、女の子が近くにいては使い辛いでしょうからね。これは早く向かわねば）

「20パーセント！」

一秒でも早くという思いで、ヒイロは残り十数メートルの距離を【超越者】20パーセントの力で一気に走り抜ける。

「ネイさん大丈夫ですか！」

「ヒイロさん!?　……この子お願いします！」

ズザザッーというブレーキ音とともに砂煙《すなけむり》を上げながら背後に到着したヒイロ。そんな彼の姿を、ネイは執拗《しつよう》に顔を狙ってくるようになった邪妖精を煩《わずら》わしげに払いつつ確認すると、庇っていた少女をヒイロへと渡す。

「えっ！　私が前に出ますから、ネイさんはこの子と一緒に下がってください」

そのつもりでせっかく【超越者】を20パーセントに引き上げていたヒイロは、突然渡された少女を受け取りながら、多少困惑気味にそう提案した。しかしネイは視認できそうなほどの濃密な怒気をその身から放つことでそれに応える。

「そんなことしたら、私のこの怒りの捌《は》け口《ぐち》がなくなっちゃうじゃないですか」

「そ……そのようで……」

全身からバチバチと放電し始めたネイを見て、ヒイロは顔を引き攣らせて少女を抱きえながら徐々に後退し始める。

「ちょっと！　私達のおもちゃをどこに連れてく気！」

「さ、せ、な、い、わ、よ！」

ヒイロが少女を連れて下がるのを見て、邪妖精の一部がヒイロへと殺到《さっとう》しようとする。

しかし、ネイの脇を通ろうとした瞬間、彼女が向けた手の平から雷がほとばしり、邪妖精達は一瞬で消し炭《ずみ》に変わった。

ヒイロはそれを見て目を丸くして驚く。

ヒイロが驚いたのは、ネイが魔法名も言わずに雷を出したのもあるが、それ以上に、ネイの手の平から生まれた雷が、空気中に四散《しさん》せずにそのまま木の枝のようにその場に残っていた為である。

(【全魔法創造】で作り出した魔法でも魔法名を言わねば発動しませんのに、ネイさんは何の予備動作も無しに雷を生み出しましたね。それにあの、物理法則を無視したような雷の使い方……完全に魔法ではないですよねぇ……)

「雷を自在に操るスキルか？」

ヒイロに追いついたバーラットが、ヒイロの憶測に答えるようにネイが出す雷を見ながら呟く。

「バーラット、やはりそう思いますか？」

十分に距離を取ったと判断したヒイロが少女を自分の背後に回らせながらそう聞くと、バーラットは彼が思いの外冷静だと分かり、安堵の表情を浮かべて頷く。

「雷系の魔法は、放つか武器に纏わせるかだ。あんな雷単独で形を維持するような魔法は見たことも聞いたことも無い」

「ですよね。しかし、だとすると本来なら隠しておくべき奥の手とも言えるスキルをあんなにあっさりと披露《ひろう》してしまうとは……一体ネイさんは何を考えているんでしょう」

ヒイロはどうも理解できずに首を捻る。

「何も考えてないんじゃないか？　怒りに任せてって感じだしな。ありゃあ、アメリアと同じタイプだ。普段冷静で滅多《めった》に怒らないくせに、一度怒り出すと周りが見えなくなる。同じパーティにいると厄介なタイプだぞ」

かつてアメリアとパーティを組んでいた時のことを思い出したのか、バーラットは苦虫《にがむし》を噛《か》み潰《つぶ》したような表情を浮かべる。

「えっ！　アメリアさんてそんな性格だったんですか」

いつも無理難題《むりなんだい》が来ても、困ったような笑みを浮かべながら何とかしてくれる副ギルドマスター。そんな彼女の顔を思い出しながら、ヒイロが驚いた表情でバーラットを見れば、バーラットは渋面を崩さずにコクリと頷く。

ヒイロが大変お世話になった人の意外な側面に唖然《あぜん》としていると、シルフィー、レミー、ニーアの三人もヒイロ達と合流し、邪妖精と対峙しているネイへと注目した。

「あれが……ネイさんの本気ですか……普段の彼女からは想像できない姿ですね……」

全身から憤怒《ふんぬ》のごとく放電させながら、雷の剣を待つように見えるネイを確認して、シルフィーが息を呑む。その視線の先で、静かに邪妖精と対峙していたネイが動く。

「貴方達……逃がさないから覚悟しなさい！」

仲間数匹を瞬殺《しゅんさつ》したネイを警戒し、槍を構えたまま自分を睨みつけていた残りの邪妖精。彼等に怒気をはらんだ言葉を投げかけたネイは、おもむろに雷を出していた右手を高々と上げ、邪妖精に対して一気に振り下ろした。

振り下ろされた雷は、ネイの意思に呼応して伸び、まるで鞭《むち》のようにしなりながら彼女の振るう腕に合わせて次々と邪妖精達を呑み込んでいく。

「遊びで人の命を奪うんじゃないわよ！」

雷の鞭を振り回し、次々と邪妖精を消し炭に変えていくネイ。邪妖精も混乱して右往左往《うおうさ》しながらも数匹は反撃しようとネイに近付いたが、ネイ自身が雷を纏っているために、近付いた者は触れる前に雷で焼かれ落ちていった。

「攻防一体……隙がありませんね……」

「ああ……ありゃあ、接近戦主体の戦い方しかできない奴は手の打ちようが無くなるぞ」

「しかし、若さですかねぇ。勢いに任せて次々と手の内を晒してしまう。本来なら止めるべきなんでしょうけど……」

「あれだけ放電されては危なくて近寄れんな」

ヒイロとバーラットがその戦い方を見て苦笑いを浮かべていると、残り数匹となった邪妖精が敵《かな》わないとみて瘴気の方へ向かって逃げ始めた。

「逃がさないって言ったわよね！」

「ああっ！　それはいけません！」

逃げる邪妖精を追う素《そ》ぶりを見せるネイを、ヒイロが慌てて追いかける。

「ネイさん、深追いはいけません――」

このままでは邪妖精を追って瘴気へと入ってしまうと思ったヒイロは、邪妖精を追い走り始めたネイの背後に追いつき、止めるために彼女の肩を掴んだのだが……

「アババババッ、デデデデデッ、アダダダダダッ！」

ネイが体表に纏う雷に感電してしまい、その場で変な踊《おど》りを踊るように痙攣《けいれん》した。

その衝撃は、コートに付加されていた『雷属性ダメージ上昇（中）』の効果も相まって凄《すさ》まじいものであり、一通り変な踊りを踊り終えたヒイロは、力尽きてその場にドサっと倒れ込んだ。

「えっ……あっ！」

怒りで視野が狭《せま》くなり邪妖精しか見ていなかったネイは、ヒイロの叫び声と踊りの気配で我に返る。そして慌てて振り返ってヒイロに視線を向けると、ギョッと目を見開いた。

「ヒイロさん！　大丈夫で……す……か？　……………………随分、余裕のようですね」

自分の雷で感電させてしまったヒイロを心配して振り返ったネイだったが、ヒイロの倒れる姿を見てその表情を心配そうなものからジト目に変える。

ヒイロは足はガニ股、腕は肘《ひじ》を直角度に曲げ、頭上に曲げられた手は中指と薬指を折って他の指はピンッと伸ばしていた。

「何です、そのポーズは……」

「電撃を受けた時の正しい所作《しょさ》です」

「はぁ～……だったら、吹っ飛ばされた時は、両手をピンと伸ばして飛んで行く気ですか？」

「いいですねぇ～。できれば五人くらいで飛ばされて編隊を組んでみたいものです」

「ネタが古いですよ」

またしても懐かしのアニメネタをぶち込んでくるヒイロに、ネイは思わず突っ込みを入れてしまう。

そこまで言ってから自分が勢いで何を言っているのか気付き、ハッとなりながら口を押さえるネイ。

ヒイロは彼女のそんな様子を見て、静かに微笑みを浮かべた。

「ふふっ、的確な突っ込みです。最近はボケても放ったらかしにされるので、少し寂《さび》しかったんですよ」

「この世界の人にそれを求めるのが、そもそも間違いでしょ」

苦笑を浮かべつつネイが手を差し出すと、ヒイロはその手を取り、「それでも言ってしまうのがオタクのサガです」と言いつつ立ち上がる。

互いに同郷、しかも同好の士と知り、思わず顔を見合わせて微笑み合う二人に、何が面《おも》白《しろ》いのか分からないといった表情で他の面々が近付いてきた。

「大丈夫かヒイロ」

「どっか焦《こ》げてない？」

「HPが心配でしたら、ポーションがありますよ」

バーラット、ニーア、レミーと、派手に感電したヒイロを心配して声をかけるも、当の本人は問題ありませんと笑顔で答える。

（でも、一撃でHPが３０００も持ってかれましたねぇ。これほどのダメージはこの世界に来て初めてじゃないでしょうか……ネイさんの雷撃の威力が強いのか、はたまた別な要因があるのか……）

「あっ！」

コートのせいで雷属性が弱点になっていることを知らないヒイロがそんなことを考えていると、ニーアが突然大声を上げた。

「どうしました……って、ええっ！」

声を上げたニーアに視線を向けたヒイロだったが、その先でニーアが驚いた表情で指を差していたので、そのまま指差す方を目で追っていく。

するとその先では、先程助けた筈の少女が黒い霧に似た瘴気の壁に身体の半分を引きずり込まれていた。そして助けを求めるように悲しげな表情を浮かべながら、必死で右手をヒイロ達の方に差し出している。

ヒイロは今見ている光景が信じられず、辺りを見回すも、確かに先程自分が保護した筈の少女の姿は無かった。

（まさか……本当に私達の目を盗んであの子を攫《さら》った？　そんなことが可能なんでしょうか……罠臭《わなしゅう》がそこはかとなく漂ってますが、あの子が気にならないと言えば嘘になります。一体、どうすれば……）

「えっ！　何で⁉」

罠の可能性があまりにも高いとヒイロが躊躇してる間に、ネイも少女に気付く。驚きの声を上げつつもすかさず少女の手を取りに行こうとしたネイの目の前で、少女の姿は完全に瘴気の向こうへと呑み込まれてしまった。

「大変！　早く助けないと！」

「待ってくださいネイさん。さすがにおかしいです！」

慌てて瘴気に突入しようとするネイを、ヒイロが反射的に止めに入ると、その背後からバーラットがヒイロに賛同するように言葉をかける。

「俺達の側にいたあの子供を、俺達の誰にも気付かれずに瘴気内へ引きずり込むなんて、さすがにありえん。どう考えてもこれは、俺達を瘴気内に誘い込む為の罠だろ」

「罠だろうと、あの女の子が瘴気内に連れていかれたのは事実なんですよ！　早く助けないと、瘴気に侵《おか》されてしまいます！」

「だ、か、ら、あの子供自体が瘴気の奥にいる連中の仕掛けたトラップの可能性があると言ってるんだよ」

「可能性なんですよね！　偽物《にせもの》と断定できたわけじゃないんですよね！　本物の子供だったらどうするんですか！」

ネイを落ち着かせようと丁寧に説明するバーラットだったが、確かに少女が偽物と証明されていない以上、そう言われては返す言葉が無かった。

これが罠だとしたら、仕掛けているのは幻術が得意な上位妖魔の可能性が高く、自分達の目を盗むような幻術をかけられているのか、少女自体が幻術なのか、判断は難しい。バーラットは【勘】で後者と踏んでいたものの、それでも勘は勘、人を説得する材料にはなりえないと考えていた。

そんな中、シルフィーが静かに手をあげる。

「申し訳ありませんが、瘴気の中に入ることは初めっから決まっていたことですし、ここで突入してしまいませんか？　私としても、少女が偽物と断言できない以上、捨て置くわけにはいきませんので」

「……これが罠だとしたら、それを仕掛けた奴がこの先で待ち構えているのにか？」

「罠に掛けられたということは、もう、私達の存在はあちらに気付かれてるってことですよね。だったら今入っても、後から入っても同じじゃないでしょうか」

シルフィーにそう言われ、バーラットは大きくため息をつきながら頭を掻く。バーラットとしてはここで一晩明かし、移動の疲れを取ってから突入したかったが、確かに少女が偽物と証明できていない以上、それを推《お》すこともできない。

バーラットは、困ったような表情で皆を見回した。

「お前ら、旅の疲れは出てないか？」

「私は特に問題ありません」

「私も問題無いです。訓練で三日、四日の徹夜《てつや》は経験済みですから」

「ぼくも特に問題は無いね。馬車移動も伸び伸びできたし」

ヒイロ、レミー、ニーアがそう答え、突入肯定派のシルフィーとネイは当然、無言で頷いて問題無いことをアピールする。

それを見て、これでは休憩《きゅうけい》を無理《むり》強いしても、少女のことが気になって心までは休まらないだろうと、バーラットは再び深いため息をつく。

「皆が大丈夫だと言うのなら雇い主の要望でもあるし、突入することにする……が、危険だと判断したらすぐに撤退するからな、それだけは肝《きも》に銘《めい》じてくれ」

バーラットの言葉に全員が頷くと、シルフィーがすぐさま魔法の詠唱《えいしょう》に入った。

「ホーリーメンブレイン！」

彼女の魔法の発動と同時に、全員の体表が淡く輝き始める。

「これが、瘴気内で瘴気に侵されない為の魔法ですか」

うっすらと光る自分の手を珍しげに見ていたヒイロ。彼が視線をシルフィーの方に移すと、彼女は懐から親指ほどの小さな瓶を取り出し、コルクの栓《せん》を開け一気にその中身を飲み干していた。

「くう～……効きます！」

顔のパーツが全部中央に寄るような表情を作り、身体を震わせるシルフィーを見て、ヒイロは唖然として口を開く。

「シルフィーさん、それは一体……」

「これですか、これはMPポーションの原液です。皆さんに術を施《ほどこ》したので、MPがほとんど底をついてしまったんです。術を維持するためにMPは徐々に減《へ》っていきますから、こうして回復させないといけないんですよ」

MPポーションの原料は薬草である。市販されているMPポーションは、それを薄めたうえで蜂蜜《はちみつ》などを加え飲みやすいように加工してあるが、今シルフィーが飲んだのはそうした加工の一切無い、薬草の搾《しぼ》り汁そのままの物であった。勿論、味は草そのものであり、口当たりも後味も最悪である。

「随分と苦《にが》そうでしたが、普通のMPポーションではいけないんですか？」

「普通のMPポーションはかさばりますから……この人数の魔法を維持するためには、三十分に一回はMPを補充しなければいけません。瘴気内での活動時間が分からない以上、MPポーションは多いに越したことはないので、原液のままの方が持ち運びやすくて便利なんですよ」

言いながらシルフィーが両手でローブの襟《えり》を持って広げてみせると、ローブの裏地《うらじ》には小さなポケットが所狭《ところせま》しとついており、そこに、さっきと同じ小瓶が綺麗に並んで入っていた。

「それは……御苦労をかけます……」

三十分毎にあの苦そうなMPポーションを飲むのかと、ヒイロは味を想像して渋面を作りながらシルフィーに労《いた》わりの言葉をかけた。

「では、準備もできましたし行きましょう！」

やる気があり過ぎるネイに急《せ》かされるように、一行はネイを先頭にし、その背後にシルフィー、シルフィーの右手にヒイロとニーア、左手にレミー、そして最後尾《さいこうび》にバーラットと、戦闘が不得意なシルフィーを囲うフォーメーションで、黒い霧の壁のような瘴気へと突入していった。

「視界はクリアーなんですね。なんとなく、モノクロテレビを見てるような感じですが……」

瘴気内で辺りを見回していたヒイロがポツリと呟く。

瘴気は外から見ると内部は見辛《みづら》かったが、いざ中に入ってみれば、その視界は思いの外よかった。ただ、瘴気自体が光を通し辛いのか、辺りは暗雲《あんうん》立ち込める夕方のように、白黒のフィルター越しに風景を見ているのに似た印象があった。もっとも、瘴気内では草木は枯《か》れ果ててしまっているので、元々の色合い自体が乏《とぼ》しくもあったが。

「あれは……」

先頭を歩くネイが何かを見つけ、歩みを止める。その後に続く左右や後方を警戒していたヒイロ達が、ネイの様子に気付き前方へ目を向けると、視線の先には複数の人影が見て取れた。

「人……ではないですよね」

「瘴気の中で平然としている人はいないと思います」

ヒイロの確認の声に反応したのか、人影が自分達を待ち構えるように見えたシルフィーは緊張の面持《おもも》ちで答える。

「妖魔……でしょうか」

「だとは思うが、だとしたら堂々と待ち伏《ぶ》せしているものだな。何かあることを想定しておいた方がいいかもしれん」

レミーの言葉に、バーラットが罠を仕掛けられている可能性を指摘しながら答える。

「どちらにしても、さっきの少女を攫った可能性があるのがあの人影達だとしたら、行かないわけにはいきませんよね」

そう言いながら、罠があるなら力ずくで破ってやるという意気込みで足を踏み出すネイにつられ、一行は人影の方へ足を進めた。

第11話　妖魔は執事《しつじ》も強く

細かい細工《さいく》のされた高そうな背もたれ付きの木製の椅子《いす》に座る、タキシードを着込んだ薄緑色の肌の男が、近付いてきたヒイロ達を一瞥《いちべつ》する。そして興味無さそうにティーカップに視線を戻し、口を付け紅茶を飲み始めた。

瘴気の中だというのに目の前に広がっているありえない光景にヒイロ達が呆然とする中、その男は目の前に置かれた木製の丸テーブルにカップを置く。

「ナスカリス様、お代わりはいかがなさいますか？」

男の背後に控えた燕尾服《えんびふく》姿の初老の執事《しつじ》が、カップが置かれると同時にうやうやしくお伺いをたてると、男は横柄《おうへい》に頷いた。すると、執事の更に背後に控えていた十数人のメイドのうち、ティーポットを持った一人が進み出て、ティーカップに紅茶を注ぎ始める。

「……えーと……どちら様でしょう？」

一同が唖然としている中で、やっとの思いでヒイロが口を開く。しかし、ナスカリスと呼ばれたオールバックの男はヒイロを冷たい目付きで一瞥した後、不愉快そうに執事へと視線を移した。

「ナスカリス様は、下賤《げせん》な者が気安く話しかけるなと仰《おっしゃ》っております」

主人の意図をそう代弁した執事に、ヒイロが苦笑いを浮かべ、先頭に立っていたネイがイラっとしながら顔を歪める。

「ちょっとあなた！　私達を誘い込んでおいて、随分な態度ね！　あの女の子をどこにやったのよ！」

ネイが今にも飛びかかりそうな勢いでそう突っかかると、今度はナスカリス本人が口を開いた。

「タチバナ、ショウコ……だな」

いきなり本名を呼ばれ、勢いを削《そ》がれたネイは大きく目を見開く。

「南方に突如《とつじょ》現れた勇者の一人。魔族から手配書が回ってきているぞ」

続けざまにナスカリスにそう言われ、ネイは明らかに動揺した様子を見せた。

「勇者……ネイさんが……」

「……勇者？」

「「「……………」」」

妖魔が発した勇者という言葉に、シルフィーは驚き、レミーは訝しみ、それを予想していたヒイロ、バーラット、ニーアは無言を貫く。

「……やっぱり、魔族と繋がってたんだ」

そこまで素性《すじょう》がバレていたのでは誤魔化《ごまか》しきれないと開き直ったネイがそう呟くと、ナスカリスはニヤリと笑ってみせた。

「うむ、予想済みだったか。その通りだ」

「じゃあ、この瘴気を生み出す魔道具の図面も……」

「はっはっはっ、それも予想済みか、たいしたものだな。いかにも、魔族が引いた図面を我が貰い受けたのだ」

「……でも、暴れる魔族が出始めたのは一年前くらいからの筈……貴方達がここで瘴気を生み出したのは五年前よね……」

瘴気を生み出す魔道具の図面を引いたのは魔族という推測は当たっていたものの、年数的に計算が合わない。その考えに至《いた》ったネイの呟きに、ナスカリスはフンッと得意気《とくいげ》に鼻で笑ってみせる。

「確かに件の魔族達が活動し始めたのは一年ほど前からだが、以前から連中は存在していた。ただ、南の島に封印され、そこから出られなかっただけなのだ。その島では材料が乏しく図面しか貰えんかったが、それを魔族から受け取った我が、愚《おろ》かな人間に作らせたというわけよ！」

愉《たの》しげに自分の手柄話をベラベラと喋るナスカリスを、ヒイロは苦笑しつつ見つめる。

「なんか、色々と喋ってくれますねぇ」

「自分が優位《ゆうい》だと思って、自慢したくて仕方がないんだろ。質問すれば全部喋ってくれるんじゃないか？」

　バーラットの言葉を聞き、ヒイロはしたり顔でナスカリスへと向き合う。

「しかし、魔族が活動できるようになった今、何故彼等は、瘴気を生み出す魔道具を更に貴方達に渡さないのでしょうか？」

「…………………」

「……無視されました」

　聞いてはみたものの、全く反応を見せないナスカリスを見て、ヒイロが哀《かな》しげな表情を浮かべながらバーラットの方に顔を向けた。

「ヒイロ……お前、雑魚だと思われて眼中に入ってないぞ」

「そうですか……いえ、いいんですよ……確かに私、見た目が強そうでないのは分かっていますから……」

「ヒイロさん！　戦いにおいて強く見えないということは、相手が舐《な》めてかかってくるということですから強みになるんです！　気にしないでください。その見た目も立派な武器なんです！」

　自虐《じぎゃく》的なことを言い始めたヒイロを、必死にレミーが励《はげ》ます。そんな二人の様子を苦笑いで見つめた後で、ネイはナスカリスへと向き直る。

「魔族は活動を始めた後で、貴方達に瘴気を生み出す魔道具を渡していないようだけど？」

「我等や魔物と違い、瘴気はあいつらにとっても毒だからな。必要以上に渡したくないのだろ」

「じゃあ、最初に貰った図面はどうしたのよ？　貴方達ならそれを使って第二、第三の魔道具を作らせようとする筈しょう？」

ネイがそう尋ねると、ナスカリスはワナワナとその身体を震わせ始めた。

「あのクソ人間が！　作っていた物が瘴気を生み出す魔道具だと分かると、図面を燃やしおったのだ！」

ナスカリスは感情に任せて、テーブルに思いっきり力強く拳を叩きつける。振動でティーカップが倒れるとメイドがすぐさまテーブルを拭《ふ》き、倒れたティーカップを片付け、新しいティーカップを置いて紅茶を注ぎ直した。

その間、ナスカリスはフウ、フウと怒りながら荒い息をしていたが、やがて息を整えて再びネイへ視線を向けた。

「で、だ。新たな魔道具を手に入れるために、タチバナ、ショウコ！　貴様を魔族への手《て》土産《みやげ》にすることにしたのだ」

「……じゃ、あの女の子は……」

険しい目付きでネイがそう呟くと、ナスカリスはすっかり機嫌を直し、ニヤニヤしながらパチンッと指を鳴らす。

するとメイドの一人があの少女の姿へと変わり、すぐにメイドに戻った。

「はははは っ！　我が幻術にまんまと騙されおって！」

とても愉快気にナスカリスは笑い始めるが、少女が偽物だと分かりネイとシルフィーは安堵の息を漏らし、元から偽物と疑っていた他の面々は冷ややかな眼差しをナスカリスに向ける。

ヒイロ達の反応が期待と違ったのが気に入らなかったのか、ナスカリスは大笑いをピタリとやめて、苦々しい視線をヒイロ達へ送った。

「何だ貴様ら……つまらん反応をしおって……」

「まあ、半分は予想してたことだからね。で、今更《いまさら》だけど、あなた何者なの？」

ネイがそう聞けば、ナスカリスはつまらなそうな表情のままゆっくりと立ち上がり、仰々しく両手を広げてみせた。

「我が名はナスカリス・リューデネア・トスカナセフ。偉大《いだい》なる妖魔公爵《ようまこうしゃく》だ」

「妖魔こうしゃくぅ〜？」

ナスカリスの大袈裟な名乗りにニーアがすっとんきょうな声を上げ、ネイが訝しげな視線を向ける。その背後で、レミーの励ましで何とか立ち直ったヒイロがバーラットの方へと振り向いた。

「公爵って、妖魔に貴族制なんてあるんですか？」

「さて、妖魔王《ようまおう》を名乗る奴がいるというのは聞いたことがあるが……貴族ってのはさすがに聞いたことがないな」

　バーラットに首を傾げられ、ヒイロは更にレミーとニーアに視線を向けるも、二人とも知らないとばかりにかぶりを振った。

　それを見て、ヒイロが顎《あご》に手を当てながらボソリと呟く。

「……なんだ、自称ですか」

　それは、誰にも聞かせるつもりがなかった本当に小さな呟きだったが、ナスカリスは耳《みみ》聡《ざと》くそれを聞き取り、険しい表情でヒイロを睨みつける。

「下賤な者が、言うに事欠《ことか》いて我を自称だと言ったか！　この地位は、妖魔王様から直々《じきじき》に戴《いただ》いた正真正銘《しょうしんしょうめい》の肩書きだ！　貴様ごときが見下《みくだ》すでないわ！」

　言いながらナスカリスは直径五十センチほどのドス黒い火球を生み出し、それを怒りに任せてヒイロに放つ。

「ぐへっ！」

　火球はヒイロの鳩尾《みぞおち》に直撃すると、そのまま勢いを失わずに彼の身体を後方空中へ吹き飛ばした。

「のぉぉぉぉっ！　まさか、本当に飛んで行く羽目になるとはぁぁぁぁぁぁぁ……………」

悲痛な叫び声を上げながら彼方《かなた》へと消えていくヒイロ。他の面々は、あまりにリアリティの無い光景に、目を点にしながら呆然と見つめてしまっていた。

「……………はっ！　ヒイロさん！」

最初に我に返ったネイがヒイロを追って走り出そうとするも、その進路をいつの間にか回り込んでいたメイド達が塞いでいた。

「嬢ちゃん。ヒイロならあの程度でくたばらんから、心配しないで今は目の前の敵に集中しろ。何しろ、敵の狙いは嬢ちゃんなんだからな」

（あんな攻撃を受けて無事な訳無いじゃない……）

バーラットの言葉を、仲間に心配させない為の方便《ほうべん》と受け取ったネイ。彼女はヒイロを心配しながらも、確かにこのままではヒイロの下に駆け付けることもできないと気持ちを切り替え、前へと向き直った。

その視線の先では、ナスカリスが顎に手を当てて小首を傾げていた。

「ふむ……あの火球は着弾と同時に爆発するように設定していたのだがな……あの下賤な者の装備に、火を無効化する効果でも付いていたのか？　まあ、どちらにしてもあの勢いで吹き飛ばされれば生きてはおるまい」

結果が同じならどうでもいいと判断し、ナスカリスはネイに向き直る。

「この勇者の小娘は我が捕らえる。お前達は他の雑魚どもを始末せい」

ナスカリスの言葉に執事とメイドが深々と一礼をして応えると、ナスカリスは満足気に頷きながら指を鳴らす。

その瞬間、バーラット達の視界は闇《やみ》に覆われた。


ナスカリスが何か仕掛ける素ぶりを見せたのを見て、バーラットは咄嗟にニーアを引っ掴みつつ、前にいたシルフィーの肩を掴んだ。それは、不測の事態に備《そな》えて戦闘力の低い二人を庇おうとした無意識に近い行動だったが、その時点で周囲が暗転《あんてん》しレミーとネイの姿が闇に溶《と》け込むように視界から消える。

突然の事態に、バーラットは眉間に皺を寄せた。

「くっ……いきなり、なんだってんだ！」

「バーラットさん、これは幻術による分断が目的かと」

シルフィーの言葉に、バーラットは神妙に頷く。

既にバーラットには、咄嗟に手を触れたニーアとシルフィー以外の、レミーとネイの気配はすっかり掴めなくなっていた。

「レミー！　ネイ！　僕の声聞こえる？」

バーラットの手の中でニーアが叫ぶが、闇に吸い込まれ返ってくる声は全く無い。

「近くにいる筈なのに気配が全く感じられねぇ……本当にこれは幻術なのか？」

　こんなことなら少女が偽物と分かった時点で撤退しとけばよかったと、後悔《こうかい》しながらバーラットが呻くように呟くと、一つの人影がゆっくりと闇の中に浮かびあがる。

「これは間違いなく幻術ですよ。貴方がたは、幻術を視覚を誤魔化す程度にしか思っておられないようですが、ナスカリス様ほどの方がお使いになる幻術は、五感をも錯覚《さっかく》させます」

　闇の中から滲《にじ》み出《で》るように姿を現した初老の執事が、そう説明しながら穏やかな笑みを浮かべた。

「ちっ、厄介な術にかかったもんだ」

　悪態をつきつつバーラットはニーアとシルフィーを自分の背後に下がらせる。ニーアは「ぼくも――」と戦う気概《きがい》を見せるも、バーラットはそれを制し静かに槍を構えた。

　その隙の無い構えを見て、執事は満足そうに頷く。

「なーに、この術は三十分もすれば解けます。もっとも、その頃には貴方がたはこの世にいないでしょうけど」

　執事はそう言いながらも、無手《むて》のまま無造作《むぞうさ》にバーラットに対峙する。

　それは、バーラットの槍の攻撃範囲の限界から三歩ほど離れた場所だったが、自然体でありながら隙を見せない執事に、バーラットは内心舌を巻いていた。

「パーティの中で一番強いのは貴方とお見受けしましたが」

素人目にはただ立ってるだけにしか見えない執事が、バーラットを指してそう確認してくるが、バーラットはそれを鼻で笑い飛ばす。

「パーティで一番強い奴なら、さっき遠くに飛んで行ったよ」

「またまたご冗談を……相手の実力など、身のこなしを見れば分かりますよ。絶《た》えず隙の無かった貴方に対し、あの御仁《ごじん》は隙だらけで素人丸出しでした。あれで一番強いと言われても、説得力がございません」

嘘ではないのだがなと苦笑を漏らしつつ、バーラットは予備動作無しに一気に間合いを詰め、執事目掛けて突きを放つ。

「おっと、いきなりですね」

バーラットの奇襲《きしゅう》の突きは三撃。しかし執事は、バーラットの突然の攻撃に驚いた表情を見せながらも、足さばきと上半身の反《そ》らしだけでその全てを躱してみせる。

「ちぃ！　簡単には殺《や》らせてくれんか」

奇襲としては悪くないと思っていたが、それをアッサリと躱されたバーラットは悪態をつきつつ槍を構え直す。

「フフッ、すぐに終わっては面白くないでしょう」

「ふんっ……戦いなんてもんは、決着がつく時は大概アッサリとしたもんだ。だったら、それは早いに越したことはないだろう」

「そうですか？　見解の相違《そうい》でしょうか、私は戦いはなるべく長く楽しみたい質《たち》なのです」

「そうかい。そりゃあ、気が合わん、なっ！」

今度はスピード重視《じゅうし》で最速の一撃を放ったバーラット。しかし執事は、斜《なな》め前に一歩踏み出して事《こと》も無げに躱しつつ、バーラットの懐へと入ってきた。

「先程も言いましたが、私は長く楽しみたいのです。一撃で終わりなんてことにはならないでくださいね」

愉しげに嗤いながらそう言うと、執事は軽く握り込んだ拳をバーラットの腹部に突き入れる。

「ぐっはっ！」

一見痩身《そうしん》である執事の一撃は、バーラットの巨体を軽々と吹き飛ばしたものの、バーラットは数度地面を転《ころ》がった後に素早く立ち上がった。

（くぅ……なんて力だ。腹が吹っ飛んだかと思った……）

まるでハンマーで殴られたような衝撃で鈍い痛みを感じる腹部をさすりながら、バーラットが苦々しく執事を見やると、執事はとてもいい笑顔でバーラットに拍手《はくしゅ》を送っていた。

「お見事です。今の攻撃を受けてすぐに立ち上がるとは……これは、なかなかに楽しめそうです」

「はっ、言ってろ。その余裕が命取りになったと後悔させてやるよ」

バーラットの悪態に、執事の笑顔は歪んだものへと変わる。

「その強気がいいのです。自分の強さに自信を持つ者を、私が千年にわたって磨《みが》き上げてきた体術で、自信ごと潰していく。段々と自信が絶望《ぜつぼう》に変わっていく様《さま》を見るのが、私はこの上なく好きなのですよ」

「……悪趣味《あくしゅみ》な奴だ……」

（妖魔にしては正攻法で来ると思ったが、歪んだ嗜好《しこう》の持ち主だったか……しかし、術に頼った搦《から》め手《て》ではなく正攻法となると、付け入る隙がほとんどないぞ……あるとすれば、戦いを長引かせるために決められる時に決めに来ないことぐらいだが、それもこちらの攻撃が当たってくれないことにはどうにもならん……【剛力《ごうりき》】【剛体《ごうたい》】を使ってもスピードが上がるわけではないからな。発動しても攻撃が当たらない可能性が高い以上、迂闊に発動もできん……仕方がない。ガラではないが受けに回って相手の攻撃の隙を突くか……）

バーラットの持つ【剛力】【剛体】はそれぞれ、一時的に筋力を三倍にするスキル、同じく一時的に肉体強度を三倍にするスキルだ。しかし一日一回しか使えないため、使いどころを誤《あやま》れば勝ち目がなくなってしまうおそれがあった。

バーラットが後手後手《ごてごて》に回るしかない戦術を組み立てていると、執事の重心《じゅうしん》が少し下がった。

「では、参りますよ。できるだけ長く私を楽しませてください」

執事は言いながら一気に間合いを詰め、バーラットの側頭部《そくとうぶ》目掛けて回し蹴《げ》りを放つ。

「ちぃっ！」

バーラットは槍を立てて蹴りを柄《え》で受けるも、攻撃に備えて踏ん張っていた体が横に少しずれ、その威力に目を見張《みは》る。

「次々、行きますよ」

わざわざ宣言しながら繰り出される執事の突きや手刀《しゅとう》を、バーラットは【勘】を駆使してあるいは躱し、あるいは受けるが、敵の拳は鈍器《どんき》のように重く、手刀は刃物のように鋭い。

更に攻撃の継ぎ目が滑《なめ》らかでほとんど隙がなく、バーラットは急所は守っているものの数発の攻撃を受けてしまい、ジリ貧《ひん》に陥《おちい》っていった。

（くそっ！　パワーとスピードはヒイロほどではないが、動きに無駄が無いせいで隙がなかなか見つからん！　ヒイロ？　……ヒイロか……ヒイロなら、こんな相手を前にしたらどうする？）

「それ、大きいのをいきますよ」

苦戦するバーラットの表情を見て調子に乗った執事は、宣言しつつ大きく腕を振りかぶる。

しかし、防御に徹《てっ》していたバーラットはその隙を見逃さなかった。

「しっ！」

「おおっ！」

鋭い息吹《いぶき》とともに槍を突き出すと、執事は初めて慌てた様子を見せながら身体を大きく仰《の》け反《ぞ》らしてその穂先を躱した。

「やっと隙を見せたな！」

大きく仰け反ったことで体勢を崩している執事の胸元目掛けて、バーラットは勝機を見《み》出《いだ》しながら更に突きを放つが――

「本当に楽しませてくれます。ですが……」

執事は笑みを湛《たた》えながら、穂先のすぐ後ろ辺りの柄を無造作に掴み、放たれた突きをアッサリと止めていた。

「力に差があり過ぎますね。せめて今の二倍、力があれば、このまま押し込むこともできたでしょうに」

執事の言葉にバーラットは一瞬、【剛力】を使っておけばよかったかと思ったが、その考えをすぐに振り払う。

（もし【剛力】を使っていたら、そもそもこいつは、あんな大振りの攻撃は仕掛けてこなかっただろう。俺が反撃に出ても、どうとでもできると思っての大振りだったんだろうからな。しかし、こうなるといよいよもって手がアレしか思いつかん……)

バーラットは先程思いついた、ヒイロならという戦法を思い浮かべて苦笑する。

「おや、まだ笑みを浮かべることができるのですか。そろそろ、手の打ちようが無くなって絶望の色が見え始める頃だと思ったのですがね」

バーラットの苦笑を見て、執事は槍を放しながらまだ心が折れないのかと残虐《ざんぎゃく》に嗤う。

「貴方は本当に私を楽しませてくれます、ねっ！」

執事は嗤いつつバーラットとの間合いを詰め、手刀をバーラットの腹部目掛けて放つ。

さっきまでのバーラットの反応速度ならこのくらいは躱すだろうと思っていた執事だったが……

ドスッ！

身じろぎもしなかったバーラットの腹部に、執事の手刀が深々と突き刺さっていた。

「なっ！　……何故……？」

攻撃を当てた側の執事が驚愕の表情でバーラットを見やると、バーラットは苦痛に顔を歪めながらもニヤリと笑ってみせた。

「ヒイロなら……相手の攻撃を受けながら構わず殴り飛ばすと思ってな」

「……何を……言ってるんです……？」

言葉の意味が分からず困惑する執事を尻目に、バーラットはカッと目を見開く。

「【剛力】【剛体】発動！」

スキルの発動と同時に、バーラットは腹部に力を入れる。【剛体】で身体強度三倍に高まったバーラットの腹筋は、執事の手刀を完全に絡め取り、拘束《こうそく》する。

一方で、突き入れていた指を突然締め付けられた執事は驚きに目を見開く。

「ぐっ……抜けん……貴様ぁ！　一体何をした！」

「ふん……決まってるだろ……お前を捕まえたんだよ」

動揺で言葉遣いが荒くなった執事に対し、バーラットは極悪な笑みを浮かべながら、相手の頭を右手で、顎を左手で掴む。

「俺の力が二倍ならお前に攻撃を届かせることができるんだったよな……だったら、三倍ならどうなるんだ！」

バーラットが、挟むように掴んでいた執事の顔を思いっきり縦方向に１８０度捻ってやると、執事は「げぎゃ！」という短い断末魔《だんまつま》の悲鳴を上げた。

首が折れ頭頂部が完全に下を向いてしまった執事の頭を放し、腹筋を緩めて事切《ことき》れた執事を蹴り飛ばしたバーラットは、その場に仰向《あおむ》けに倒れ込んだ。

「バーラットさん、なんて無茶を！　エクストラヒール！」

「バーラット大丈夫？」

決着が着いた後に駆け寄って、バーラットの腹部に回復魔法をかけるシルフィー。おかげで死なずに済みそうだととりあえず安心したバーラットは、心配そうに覗き込むニーアに問題無いと手を上げて応える。

「しかし、なんだな……」

「何ですか？」

バーラットが回復魔法を受けながらシルフィーに話しかけると、彼女は傷口から視線をそらさずに答える。

「今の時点で、今回の仕事は割が合わんと思っているのだが……シルフィー嬢はその辺、どう思う？」

「うぐっ……それに関しては、全てが終わってから話しましょう」

損《そん》しなければいいがと思いつつ、バーラットは全身に感じる疲労に任せて静かに目を閉じた。

第12話　レミーの実力と焦燥《しょうそう》のヒイロ

「ちょこまかと、Gみたいに！」

苛立ちの色を見せるメイド達が繰り出す攻撃を、レミーはバックステップで次々と華麗《かれい》に躱していく。

「Gとは失礼ですね……」

苛立ち紛れに放たれたメイドの言葉にムッとしたレミーは口をへの字に曲げながら、最後にレイピアで突いてきたメイドの腹部に、カウンターで短刀を突き入れる。

「ぐっ！」

刺されたメイドは小さく呻いた後、数歩よろめくように後退してその場に崩れ落ちた。

仲間が一人殺られたことで、メイド達の連携攻撃がやむ。信じられないといった彼女達の視線が倒れたメイドへと向けられ、戦場に一瞬の静粛《せいしゅく》が訪れた。

「何を驚いているのです！　戦いで死はつきもの、呆《ほう》けてないでさっさとその小娘を取り囲みなさい！」

時間が凍りついたかのような静寂《せいじゃく》をメイド長とおぼしき女性が打ち破ると、メイド達は慌てた様子で、ある程度の間合いを取ってレミーを取り囲んだ。

「ちょこまかと逃げてばかりと思っていましたが、思ったよりやりますね。ですが、たった一人で私達に勝てると思っているのですか？」

レミーを囲むメイド達の中から、先程のメイド長が一歩、歩み出る。その絶対的な優位を疑わない口調に、レミーは呆れたように嘆息した。

辺りが暗闇に包まれた後で、現れたメイドの数は十三人。それぞれが剣や槍、弓に斧まで手に持ち武装しており、誰が見てもレミーを殺す気満々なのが窺える姿であった。

実のところその時点で、レミーの脳裏《のうり》には分断、各個撃破の文字が浮かんだ。だがメイド達の闇から滲み出るような現れ方を見て、さらなる伏兵《ふくへい》も視野に入れた彼女は、それを炙《あぶ》り出《だ》すために回避に専念《せんねん》して劣勢を装っていたのだ。

しかし、何回も伏兵投入のチャンスを与えたのにそれは現れず、レミーはガッカリしていた。

「あの執事さん辺りが出てくると思ったんですけどね……当てが外れました」

「はぁ？」

心底残念そうなレミーの呟きを聞き、メイド長がすっとんきょうな声を上げる。

「貴女は何を言ってるのです？　貴女を殺すのに何故、執事まで投入しなければいけないのです。彼なら今頃、貴女のお仲間を血祭りに上げている頃ですよ」

相変《あいか》わらず数的優位を笠《かさ》に着《き》る発言をするメイド長に、レミーはさらなる落胆を見せた。

「あー……あの執事さんはバーラットさんの方に行ったんですか……あそこにいた下っ端《したっぱ》さん達の中では一番強そうだったんで、ちょっと戦ってみたかったんですけどね……まあ、今回はバーラットさんに譲ることにして、私は下っ端の下っ端で我慢するしかないということですか……」

　メイド達を下に見るレミーの言葉に、メイド長は表情に怒りを滲ませる。

「今まで逃げ回ることしかできなかったくせに、たまたま一人殺ったくらいで随分と私達を舐めてくれるものですね」

「ええ、舐めますとも。だって、貴女達の実力は大体把握できましたから。今のこの状態は人目を気にせず好きに暴れられる、またと無い機会だったんですけどね。はっきり言って貴女達では全然物足《ものた》りません」

　メイド長の怒気が多分に含まれた言葉は、聞く者に威圧《いあつ》を与えるのに充分な迫力があったが、レミーは全く臆《おく》する様子を見せずに平然と不平を返す。

　レミーは忍者学校で、敵には勿論、たとえ味方であっても必要以上の手の内や実力を見せるなと教わっていた。基本素直な性格の彼女は忠実《ちゅうじつ》にその教えを守っていたのだが、いかんせんまだ若い。内心は自分が身に付けた技を存分に発揮してみたいとウズウズしていた。

そこに、この外部からの目を気にする必要のない状況である。敵を皆殺しにすれば目撃者もいなくなり問題無いと、レミーはワクワクしていたものの、一番の雑魚を相手にしなければならないという事実に、その反動で思いっきりガッカリしていた。

「私達を随分と舐めているようですね……貴女達！　この小娘を血祭りに上げてやりなさい！」

メイド長の怒りに震えた号令に呼応して、レミーの背後にいたメイド二人が間合いを詰めて槍で突き、同時に前方にいたメイドが弓を射《い》る。

しかしレミーはそれらの攻撃をクルッと身体を回転させながら、横に移動し紙一重《かみひとえ》で躱した。

傍目《はため》から見れば余裕の無いギリギリの回避行動に見えるが、レミーは【気配察知】を高いレベルまで鍛《きた》え上げている。そんな彼女からしてみれば、死角である背後からの攻撃だろうが意味はなく、実際は余裕を持った回避であった。

「確かに、メイドにしては鋭い攻撃です……」

「主人に近付くゴミ虫を排除《はいじょ》するのもメイドの仕事。このくらいの戦闘技術はメイドの嗜みです！」

レミーの呟きは物足りないと感じてのものだったのだが、ただのメイドではないと考え直したのだと勘違いしたメイド長。

彼女は笑みを浮かべて自慢気に答えながら、レミーに接近し、手に持った大剣を振り下ろす。

レミーはその重い一撃を側転で躱すと、顎に手を当てて戦場とは思えない呑気《のんき》な体勢で考え始めた。

「よくよく考えてみれば、貴女達の相手が私でよかったかもしれませんね……」

強敵を望めないと分かったレミーは、右手から剣で袈裟《けさ》斬りに斬りつけてくるメイドの一撃を顎に手を当てたまま身体を傾けて躱し、思考をポジティブに修正し始める。

「見た目が人間の女性と変わりない貴女達では、ヒイロさんなら戦うことを躊躇してしまうでしょうから……ここで、私が貴女達を片付けてしまえば、ヒイロさんに要らぬ負担《ふたん》をかけさせずにすみます。うん！　そう考えれば、貴女達とも前向きに戦えそうです」

ニッコリと結論を出したレミーを、メイド長が怪訝な表情で見る。

「ヒイロとは、もしや先程主人に吹き飛ばされたあの男のことですか？　何故ここで、死んだ男の心配をしてるのです？」

「死んだ？　……フフフッ、ヒイロさんがあの程度で死ぬわけないじゃないですか。恐らくたいした怪我も負《お》わずにケロッとしてますよ」

「何を世迷言《よまいごと》を。主人の攻撃をまともに受けて、あんな脆弱《ぜいじゃく》な虫ケラが生きているわけがないじゃないですか」

嘲り笑うようなメイド長の発言に、レミーは顔から笑みを消し、瞬時に無表情になった。

「……だから、貴女達は雑魚だというのです。ヒイロさんは私が唯一、敵に回したくないと思ったほどの人ですよ……その、ヒイロさんの力量も見抜けないような雑魚が、ヒイロさんを虫ケラと笑う……まったく、笑えない話ですよね」

全く感情を見せない抑揚《よくよう》のない口調で、そう呟くように言いながら、レミーは懐——正確には懐の内側に縫《ぬ》い付けてあるマジックバッグから十センチほどの白い球を取り出す。

「「「‼」」」

レミーが得体の知れない何か取り出したことで、メイド長はじめレミーの前方にいたメイド達が警戒して武器を構える。そしてそれに釣《つ》られて、レミーが何をしているのか分からない後方にいる者達も緊張気味に警戒に入った。

レミーが取り出したのは、忍者学校特製の魔法玉《まほうだま》。これには初歩的な魔法が一つ込められており、投げて衝撃を与えることで込められた魔法が発動するという、忍術を魔法で再現しようとして作られた物だ。しかし込められる魔法は一つだけであり、二つ目を込めると五秒ほどで暴発《ぼうはつ》するという、危険極《きわ》まり無いマジックアイテムであった。

ところがレミーはそれに手を当て、あえて二つ目の魔法を込める。

「……ホールウィンド」

「なっ！　無詠唱で魔法だと！」

驚愕するメイド達を尻目に、レミーは魔法玉を左手側のメイド達の足元へと無造作に投げつける。

魔法玉に最初から込められていた魔法はファイア。それに、レミーが新たに込めたホールウィンドが合成され、暴発する前にその効力が発動される。

「……忍法、昇龍炎舞《しょうりゅうえんぶ》」

レミーの抑揚の無い呟きとともに、地面に当たった魔法玉から炎の竜巻が立ち昇る。そして近くにいた四人のメイド達が竜巻に呑まれ、焼かれながら空に舞い上げられた。

その様子を、恐怖を滲ませた目でメイド達が見上げるが、レミーは発動した術には興味を示さずに相変わらず感情の読み取れない視線をメイド長へ向けた。

今まで感情豊かだったレミーが見せる、その冷酷《れいこく》とも取れる視線を一身に受け、今見せた術の威力と相まってメイド長の背筋に冷たいものが走る。

――忍者は常に感情を殺し、心は無であれ。

忍者学校で一番最初に教えられる心構えであり、それでいて忍者学校創立以来、レミー以外は誰も到達できなかった境地。

豊かだった感情が消えその境地に入ったレミーは、本気になったという証《あかし》であり、本来の戦闘スタイルになったとも言える。

本気になったレミーの戦い方に、遊びの要素は一切見受けられない。更に懐から二つの魔法玉を取り出した彼女はそれを両手に一個ずつ持ち、同時に魔法を込め始める。

「アースホール……エアカッター……」

感情を見せずに淡々《たんたん》と敵を殺すための作業を進めるレミーの姿は、メイド達に得体の知れない恐怖を与える。ジリジリと無意識に後ずさりを始めた彼女達に、レミーは無慈悲《むじひ》に魔法玉を投げつけた。

一つは、ウォーターの魔法が込められた魔法玉に、アースホールという深い穴を作る魔法を込めた物。レミーの右手側に投げられたそれは地面を泥《どろ》の沼に変え、近くにいた三人のメイドを沈めた。

もう一つは、影で相手を縛り動きを封じるシャドーバインドという魔法が込められた魔法玉に、エアカッターを込めた物。レミーの後方に投げられたそれは、四人のメイド達を彼女達自身の影から伸びた影の紐《ひも》で縛りつつ、無数の空気の刃でそれぞれを切り裂《さ》いた。

一瞬で一人になってしまったメイド長は、全滅《ぜんめつ》したメイド達を呆然と見つめ、嘘だと言わんばかりに首を左右に振る。

「馬鹿……な……一瞬で……」

「だから、言ったじゃないですか――」

「ひっ！」

呆然としていたメイド長に、感情の戻った視線をレミーが向けると、メイド長は短い悲鳴を上げた。

「――貴女達は雑魚中の雑魚だって。色々試したかったのに、貴女がヒイロさんの悪口を言うものだからつい本気でやっちゃったじゃないですか」

「ついって……貴様は一体何なんだ……大体、魔道士でも無さそうなのにあんな多種多様《たしゅたよう》の魔法を使って……一体、どれだけの魔法適性があるのだ」

「魔法適性ですか？　光、闇、火、水、風、土。全ての適性を持ってますけど」

「なっ！」

それが何か？　と言わんばかりのレミーの口振りに、メイド長の口があんぐりと大きく開く。

「それだけの才能を持っていて、何故魔道の道に進まない！」

「ん～、学校の先生にも『お前は魔道の道に進んだら、歴史に名を残せただろうに。勿体《もったい》無《な》いなぁ』と、よく言われましたけど……魔法って、買うにしても研究するにしても、お金がかかるんですよね。うち、貧乏なんでそんな余裕無いんですよ」

「そんな理由で……」

「そんなとは何ですか。お金は大事なんですよ！　私にしてみれば、魔法やその研究にお金を使う方が馬鹿げてます」

貧乏人根性《こんじょう》が染み込んだレミーの力説に、メイド長は唖然として聞き入ってしまう。

そんなメイド長に、レミーが最後通告を言い渡す。

「さて、ここで無駄話するのも時間の無駄ですから、そろそろ貴女も死んでください」

「ひっ！」

レミーが殺《や》る気《き》を出したことで、メイド長が恐怖に駆られ手に持つ大剣を手放しながら逃げようと背後を向く。するとそこに、レミーの後ろ姿が見えた。

「……えっ？」

今まで前にいた者が、後ろを向いてもいる。しかも、後ろ姿で。

それがどういうことなのか理解できずに目を見開いたメイド長の首は、驚きの表情のまま身体からゆっくりと離れ、地面へと落ちていく。

「首斬りは忍者の嗜みです」

メイド長が振り向くまでの短時間に、首を斬りつつ一気にその横を無音で走り抜けたレミーは、手にした短刀を鞘《さや》に戻しながらそう呟いて、思い出したようにガックリと肩を落とす。

「せっかく学んだことを色々と試せるチャンスだったのに、やっぱり手応《てごた》えがなさ過ぎです……」

そのままレミーは落ち込みながら、幻術が解けるのを静かに待つのだった。

ゴスッ！　ズズズズズ――――

ナスカリスに吹っ飛ばされた後、鈍い音を盛大《せいだい》に立てて後頭部から地面に着地したヒイロは、その勢いが止まらず土煙を上げて豪快に滑《すべ》っていく。

「あだだだだだっ！」

服の自動温度調整機能で摩擦熱《まさつねつ》こそ感じないものの、地面を削《けず》りながら滑っていくのはさすがにつらい。ヒイロは叫びつつ四肢《しし》を大の字に広げ必死に踏ん張り、やっとその勢いを止めた。

「いつつつつつ……だいぶ飛ばされてしまいましたねぇ……」

ヒイロは痛む後頭部と首を摩《さす》りつつ、ゆっくりとその身を起こすと、火球の攻撃を受けた箇所《かしょ》の確認のために自分の胸を見下ろす。当の火球自体は空を飛んでいる最中に力を失い消滅していたのだが、火球を受けた胸から腹にかけて、火傷どころか服にすら煤《すす》の一つも付いていないことに、ヒイロは首を捻った。

「服の自動修復《しゅうふく》？　いえ、ＭＰは減ってませんし、第一攻撃を受けた時にＨＰも減っていない上に熱さも感じませんでした。今減っているＨＰは着地時のダメージですしねぇ……製作者のレクサスさんは何も言ってませんでしたけど、この服の素材になっているゴールデンキングベアの効果に熱耐性でもあったんでしょうか……」

首を捻っても答えが出ず、ヒイロは何気無く地面を見る。そこには自分が削った二十メートルほどの浅い溝《みぞ》ができていた。

「よくもこんなに滑ったものです。こんな痛い思いをするんだったら、どうせなら上半身が埋まるような着地をしてみたかったですねぇ。そっちの方が痛みは一瞬だったんじゃないでしょうか……落下角度が悪かったんですかね、もっと直角に落ちてくれれば……」

ギャグマンガのように腰まで地面に埋まる自分を想像して、残念そうに呟くヒイロだったが、そこで自分が飛ばされた経緯《けいい》を思い出しハッと我に返る。

「そういえば、明らかに敵意を持ってる方々が現れたんでした。バーラットは経験豊富ですし、レミーさんはちょっとドジですが抜け目がなさそうだから大丈夫だとは思うんですが……ネイさんが気負《きお》い気味だったのがちょっと心配ですね。敵の狙いもネイさんのようですし、あんまりのんびりはしてられません」

そう呟いてヒイロは慌てて走り出したものの、十歩ほど進んだ所でその足がピタリと止まり、辺りを見回し始める。

「そういえばここ、どこなんでしょう……」

辺りは見晴らしのいい平地ではあるが、瘴気のせいでいまいち視界が悪い。

そのせいでヒイロは、仲間の所在《しょざい》どころか自分がいる場所すら把握できていなかった。

「……【気配察知《けはいさっち》】や【魔力感知《まりょくかんち》】は……やっぱり無理ですか」

ヒイロの【気配察知】や【魔力感知】の効果範囲内に反応は無く、目印が全く無い平地でヒイロは頭を悩ませる。

「う～ん、いっそのこと【全魔法創造】さんに頼って探索《たんさく》魔法でも……って、そういえばありましたよね探索魔法。そしてここは人のいない瘴気の中。となればやることは一つですよね……人間を指定。サーチアイ！」

しばらく使っていなかった探索魔法の存在を思い出し、ヒイロが魔法を発動させると、前方のはるか地平の彼方にうっすらと光が浮かぶ。

「おおっいました……いましたねぇ、随分と遠くに……私、えらい遠くに飛ばされたんですね」

そのあまりの距離に自分の呆れるしかない頑丈《がんじょう》さを再認識したヒイロは、また考えがそれたと頭を振り再び走りだす。

「どうせ誰もいないことですし、ちょっとスピードを上げますか……50パーセント！」

走り始めたおっさんは、足の回転に意識が追いつかず、足がもつれて転びそうになるのを堪えながら、砂煙を上げつつ猛スピードで仲間の下に向かった。

「バーラットさん、大丈夫ですか？」

執事の言っていた通り、三十分ほどで幻術は解けた。レミーは十メートルほど先に横たわるバーラットとその近くに座るシルフィーの姿を見つけると、急いでそちらへと駆け付ける。

「おお、レミー。お前も無事だったか」

駆け寄ってきたレミーを確認し、バーラットがその無事に安堵しながら横たわったままで手を上げる。

「私の相手はたいした実力も無いメイド達でしたから、怪我らしい怪我もしませんでした。それよりも、バーラットさん達の相手は執事だったと聞きましたが？」

「ああ、なかなかの強者でちいとばかり苦戦したが、ご覧の通り何とか勝てたわ」

「バーラットったら、お腹《なか》に穴を開ける大怪我をしながら執事を倒したんだよ」

「えっ！」

レミーはニーアの言葉に驚きつつバーラットの腹部に視線を向けるが、そこに傷らしい傷は見当たらない。

なるほど回復魔法を使ったんだなと、側で膝をついていたシルフィーに視線をずらせば、彼女は泣きそうな顔で濃縮《のうしゅく》ＭＰポーションを呷《あお》っていた。

その側の地面には、空《から》のＭＰポーションの容器が五本ほど転がっており、バーラットの治療《ちりょう》のために相当なＭＰを使ったことが窺える。

「バーラットさんの傷は塞がりましたけど、無理をすればまた傷が開いてしまいますから、しばらくは安静が必要です」

レミーの視線に気付いたシルフィーが、バーラットの治療の疲れとMPポーションの苦味で完全にグロッギー状態になりながら、それでも引き攣りまくった笑みでバーラットの状況を説明する。

それを聞いて、レミーは笑顔で喜ぶ反面、内心では悔しがっていた。

（バーラットさんがこんなに苦戦していたなんて……やっぱり、あの執事は強敵だったんですね。戦ってみたかったですぅ！）

「ところでレミー。お前、ネイの嬢ちゃんと一緒じゃなかったのか？」

「いえ、私は一人ですけど……そういえばネイさんがいませんね……」

言われて初めてネイがいないことに気付いたレミーが辺りを見回しながらそう答えると、バーラットが顔色を変える。

「くそっ、だとすればネイの嬢ちゃんはあの親玉と一緒ってわけか……あいつが執事より強いのなら、嬢ちゃん一人では勝ち目はないぞ」

焦燥に駆られ立ち上がろうとするバーラットだったが、それをシルフィーが慌てて止める。

「バーラットさん、そんなに急に動いてはいけません！　傷口が開いてしまいます、立つならゆっくりと……」

「そうだよ。ネイが窮地《きゅうち》で心配なのは分かるけど、それでバーラットの傷口がまた開いたら、皆に迷惑だよ。ネイの様子ならぼくが先行して確認してくるから、バーラットはシルフィーとレミーに肩でも借りてゆっくり後を追ってきて」

「あっ、おいニーア！　単独行動は危険……」

バーラットは偵察《ていさつ》に出るというニーアを止めようとしたが、その言葉が終わる前に既に彼女の姿は点となっており、彼の制止の声は届かなかった。

「くそっ、次から次へと心配の種を……」

毒づきながらシルフィーとレミーに肩を借りて立ち上がるバーラットに、レミーが呑気に声をかける。

「バーラットさん、そんなに悲観《ひかん》することもないと思いますよ」

「どういうことだ？」

「ほら……聞こえませんか？」

レミーに言われ「何がだ？」と不思議がりながらバーラットが耳をすますと、ドドドドドドッという重低音が聞こえてくる。

「何だ？　この音は……」

不審《ふしん》に思ったバーラットが首だけで音が聞こえてくる後方を見やれば、そこには砂煙を上げる一つの影。

「何だありゃあ……」

「何って、あんなスピードで走れる人なんて、この世に一人しかいませんよ」

「あー……なるほどな……」

レミーの言葉に納得したバーラットが呆れたように呟くうちに、近付いてきた砂煙を上げる影――ヒイロはバーラット達の姿を見つけ、トップスピードから足を踏ん張り一気にブレーキをかける。が、それで止まったのは下半身だけで、上半身は慣性の法則が働き、ヒイロの身体が宙に舞った。

「おおおっ！　今日は空を飛んでばかりですぅぅぅ！」

一度宙に舞ったヒイロはそのまま今度は顔面から着地し、バーラット達の横をズザザザーと滑っていく。

「お前、どこまで行く気だったんだ？」

五メートルほど先で止まったヒイロに、バーラットが呆れ果てながら声をかけると、ヒイロはのそのそと立ち上がり、後悔するように小さく呟いた。

「やっぱり50パーセントは駄目です……20パーセントにしとくべきでした……」

肩を落として項垂れるヒイロに、その登場で安堵しながらも呆れていたバーラットが、今はそれどころじゃなかったと再び声をかける。

「おい、ヒイロ。何のことかは知らんが、後悔なら後にしてくれ。今、ネイの嬢ちゃんがまずいことになってるかもしれないんだ。それとニーアも……」

「ネイさんが？　それに取って付けたように言ってましたけどニーアもですか？　そういえばお二人とも姿が見えませんが……」

「ネイの嬢ちゃんは恐らくあの親玉と一緒だ。ニーアは様子を見てくると言って飛んでっちまいやがった」

「‼　分かりました。私も一足先に行きますが……」

現状を把握してすぐにでも走り出そうとしたヒイロだったが、バーラットがレミーとシルフィーの肩を借りて立っていることに気付き、その足が止まる。

すると、心配されたバーラットの眉が吊り上がった。

「俺の心配なんかしてんじゃねえよ！　ちいとばかり怪我で激《はげ》しい動きができないだけだ！　心配ねぇからさっさと行け！」

「はいぃ！　20パーセント」

バーラットに怒鳴られ、ヒイロは一目散《いちもくさん》に走りだす。その後ろ姿を見ながらバーラットは「まったく……」と小さなため息をつきつつ、まんざらでもない表情を浮かべる。

レミーはそんなバーラットを見て密《ひそ》かに笑いを堪えていた。

第13話　ネイの窮地《きゅうち》

「くっ！」

小さく呻いたネイは、空から迫り来る黒い火球をバックステップで回避する。

一体、何回目の回避になるのだろうか。地面に当たり爆発する火球の爆風から腕で顔を庇いながら、ネイは火球を避けさせられる度に元の場所から離されていくのを痛感《つうかん》していた。

「たくっ、好き勝手してくれて！」

ネイは苛立ちに任せて雷撃を放とうと、宙に浮かびこちらを見下ろすナスカリスに手の平を向けたものの、雷撃を放つ前に新たな火球が迫り、慌てて更に後方に飛び退く。

「クックック、上手く避けるものだな。ならば、これならどうだ？」

ナスカリスはちょこまかと逃げ回るネイに対し、愉快そうに新たな火球を十個自分の周りに生み出した。

（さっきから、次から次へと火球を生み出して！　あれって一応MP使ってるわよね……MP的に、こんなに連続で高火力の攻撃を打ち続けるなんてありえる？）

そんな疑惑を持ちながらネイはナスカリスに背を向けて走り、次々に背後に着弾していく火球を躱していく。そして、十個目の爆発を確認したところで振り返り、疑惑の答えを探るためにナスカリスを見据えた。

（【森羅万象の理】）

万能鑑定スキル【森羅万象の理】を使用し、ナスカリスのステータスを確認しようとしたネイだったが――

《――Ｅｒｒｏｒ――》

（はぁ～？　エラーってどういうことよ！　あいつのステータスが確認できないって、何で？　何らかのスキル妨害《ぼうがい》？　それとも、力量の差？）

本来ならステータスが見えるべき場所に現れたＥｒｒｏｒ《エラー》の文字。

ネイはナスカリスを見据えたまま、苦虫を噛み潰したような表情を浮かべる。

「どうした立ち止まって。もう、万策尽《ばんさくつ》きて諦めたか？」

そんなネイを見たナスカリスは、打つ手が無くなったと思い、空からニヤニヤと見下す。

ナスカリスの態度にネイはイラっとし、負けん気がメラメラと湧《わ》き上がってきた。

「諦める？　冗談じゃないわ！　動けなくなるまで足掻《あが》いて見せるわよ。そうすれば、皆も助けに来てくれるでしょうしね」

「足掻くか……それは嬉しい限りだ。そうでなければ、我も追い詰め甲斐《がい》が無いというもの。もっとも、お前が期待する仲間は今頃、我がしもべ達が始末しているだろうがな」

ネイの負けん気に加虐《かぎゃく》的な笑みで答えるナスカリスに、ネイは更に鼻で笑って応戦して見せる。

「皆があんたのしもべにやられた？　何寝言言ってんのよ！　ＳＳランク冒険者のバーラットさんのパーティが相手なんだから、全滅してるのはそっちの方よ！」

「ふん、減らず口を……まぁいい。そのありえぬ妄想《もうそう》を心の支えにし、精々足掻いて我を愉しませてくれ」

嗤いながらナスカリスはまたもや火球を生み出し、ネイへと放る。

口は出せたものの、手を出そうとすると邪魔をされるネイは、フラストレーションを溜め込みながらそれを横っ飛びで回避した。

（くっそー！　【縮地】なら余裕で回避できるけど、アレって体力の消耗《しょうもう》が激しいから連続使用は避けたいのよね……皆との合流を最優先と思って、持久戦《じきゅうせん》覚悟で使用を控えてたけど、このままじゃジリ貧……そろそろ、【縮地】で回避して【雷帝】で攻撃、試してみるかな……）

地面を転がりつつ火球の爆発による熱風を浴びながら、初見《しょけん》なら当たる可能性の高いスキルのコンボの使用を考え始めたネイ。

しかし立ち上がろうと地面に手をつき片膝立ちになったところで、違和感《いわかん》を抱いた。

（ん？　……なんかおかしい……）

今、ネイの視線の先にあるのは、乾いて草も生えていない土の平坦《へいたん》な地面。

ナスカリスが宙に浮いているので今まで見向きもしていなかったが、初めて地面を意識したネイは何かがおかしいと訝しむ。

（何？　何かが引っかかるんだけど……あっ！　地面に火球の着弾した形跡《けいせき》が無いんだ！あまりにリアルな爆音《ばくおん》と熱風で気にもしてなかったけど、まさか私、幻術にかけられてる!?）

派手な爆発の割に平坦なまま、焦げ目すら無い着弾部分の地面を見て、ネイは自分が幻術にかけられていると初めて気付く。

（くっそー！　初めっから嵌《は》められてた訳ね。だったら……）

そのことに今まで気付かなかった自分の馬鹿さ加減に苛立ちながら立ち上がると、ネイは宙で嗤うナスカリスに手の平を向ける。

「まだ我を狙うか……無駄なことを……」

ネイに攻撃の意思を見て取ったナスカリスが余裕の笑みを浮かべて火球を放つが、ネイはそれを無視して雷撃を放った。

ナスカリスの火球とネイの雷撃が空中でぶつかる。

しかし、それで何らかの反応があるわけでなく、二つの攻撃はそのまま相手に飛んでいく。

それを見たネイは自分の攻撃の成功を確信し笑みを浮かべたのだが――

彼女の会心の雷撃はナスカリスの身体をもすり抜けて、虚《むな》しくその後方へと飛んでいった。

「えっ……」

呆然とするネイに火球が迫り、そして当たる。

その瞬間、凄まじい爆音と熱風が身体を包み込むが、それでネイが傷つくことはなく、HPが減ることも無かった。

それは、ナスカリスの攻撃が幻術であったという確かな証明であったものの、今のネイはそれを喜べる状態ではない。

「まさか……貴方自身も幻覚？」

「だから無駄だと言ったのだ」

呆然とするネイにナスカリスは勝ち誇り、悠然《ゆうぜん》と笑みを浮かべる。

（まさか、あいつ自身が幻だったなんて……【森羅万象の理】がエラー表示になるわけだ……実際には何も無い空間に使ってたんだもの……）

いくら攻撃手段があっても、本体がどこにいるか見つけることのできないネイには、それを当てる手段が無い。

手詰《てづ》まりになった彼女は、自身の不甲斐《ふがい》なさに歯を食いしばりながら、悔しさにその身を震わせた。

「もう降参《こうさん》か？　ちとつまらんが、我との力の差を考えればそれも仕方のないこと。では、そろそろ詰めに行かせてもらおうか」

ただ悔しげにこちらを見つめるばかりのネイに遊びの見切りをつけて、ナスカリスは火球を生み出すとそれをネイに放る。

「ふん、何が詰めに行くよ！　そんな幻術何発撃とうが……」

どうせこれも幻術と、高《たか》を括《くく》ってナスカリスを睨みつけるネイ。

しかしその火球が足元に着弾した瞬間、今までと違い、押し出してくるような現実的な圧力を持った熱風を受け、叫ぶ間も無く後方へと吹き飛ばされた。

「ぐっ……うぅっ……」

吹き飛ばされて二、三回跳《は》ねるように転がり、俯《うつぶ》せに倒れたネイは、右肘と左手を地面に付きよろよろと上半身を地面から浮かせる。

そして、さっきまで自分が立っていた辺りの地面が丸く抉《えぐ》られているのを見て、愕然とした。

「まさか……今度は本物……」

「当然であろう。我の攻撃が幻術のみと考える方がどうかしてると思うがな……しかし、さすがは勇者を名乗るだけのことはある。直撃でないにしろ、至近《しきん》距離で我の攻撃を受けて五体満足などころか、気絶すらしないとは……クックック、本当に愉しませてくれる」

頑丈なオモチャを見つけて愉しげに嗤うナスカリス。

彼を見上げたネイの心が、ナスカリスの冷酷な笑みと打つ手が無くなった絶望感で折られていく。

「さて、ではどれほど攻撃に耐えられるか試してみようか」

言いながらナスカリスは五つの火球を生み出した。

（やばい！　逃げなきゃ！）

逃げるために立ち上がろうとしたネイだったが、両足に激痛が走る。反射的にそちらに目を向ければ、両足は先程足元で爆発した火球によりひどい火傷《やけど》を負っていた。

（この足では【縮地】も使えない……どうしよう……逃げられない）

回避できないという現実に恐怖を感じ始めたネイに、五つの火球が迫る。

どうしようもなくなった彼女には、頭を手で庇い身体を丸くするしか手が無かった。

そんな丸くなり怯えるネイの周りに五つの火球が着弾し爆発する――が、凄まじい爆音の中、先程のような圧のある爆風は来ない。

辺りが静まり返ってから恐る恐るネイが顔を上げると、そこには彼女の怯えた様子をニヤニヤと嗤いながら見下ろすナスカリスの姿があった。

「クックック、驚いたか？　幻術だよ」

自分を馬鹿にするために幻術の火球を放ったのか。

そのことに思い至ったネイは奥歯を噛み締めて悔しがるも、それに報復《ほうふく》する手段は無く、爪が食い込んで血が滲むほどに拳を強く握る。

「さて、次は間違いなく本物だ。な〜に、殺しはしない。殺してしまっては、魔族にこちらの要求を渋られた時に面倒だからな。要求を呑まねば勇者を逃す、そのくらいの脅《おど》しが無ければ、交渉の材料にならんだろ」

そう言って新たな火球を生み出しながら、ナスカリスは魔族に新しい魔道具を作らせる為の算段を始める。

（あいつにとって、私は敵ではなくただの交渉材料なんだ……）

その現実が、ネイに恐怖以上の悲しみを与えていた。

（最初っから、あいつは私を敵扱いしてなかったんだ……幻術で仮の姿を私の前に出し、自分は安全な場所で私が必死に戦ってるのを見て嗤ってたんだ……何で私はあの時、避けなかったんだろう……そうしていれば、あの舐めきった態度のあいつから逃げ切って、鼻を明かしてやることくらいできたかもしれないのに……）

油断していた自分に後悔するネイに向かって、ナスカリスから火球が放たれる。

（悔しい！　せっかくあの腐った性根《しょうね》の勇者達から離れられたのに、こんな所で私の人生は魔族への手土産にされて終わっちゃうの？　こうなったら……捕らえに近付いてきたところを【雷帝】で……）

後悔と悲しみと悔しさに心を締め付けられながらも、最後に一矢報《いっしむく》いてやろうと、ネイは迫り来る火球から目を背《そむ》けるように硬くまぶたを閉じる。

そして、次の瞬間には来るであろう爆風に備えて体を強張《こわば》らせたのだが――

（…………あれ？）

いつまで経《た》っても来ない爆風を不審に思い、ネイがゆっくりと目を開けると、そこにはエメラルドグリーンのコート姿の背中があった。


「むむっ！　……」

サーチアイの人間指定で見える光を目標に走っていたヒイロは、視線の先に浮かぶ黒い火球を確認し、眉をひそめる。

「あれは、私を空の旅へと誘《いざな》った火球ですよね……」

火球の威力を身を以《もっ》て知っているヒイロは、戦地は間違いなくそこだと判断した。

そしてはやる気持ちを抑えつつ、先程の失敗を踏まえて20パーセントの力のまま全力でその場を目指す。

ある程度近付くと、地面に立つナスカリスが手を空に掲《かか》げているのが見え、その手の先、空高くに火球が浮いているのが分かった。

更に、ナスカリスの目線の先にネイが倒れているのを見て、ヒイロは目を見開く。

「勇者であるネイさんが押されている？　あの、自称妖魔公爵とやらはそれほどの相手なのですか⁉」

対峙するナスカリスとネイの側面から近付いていたヒイロは一瞬、走る勢いのままナスカリスにタックルをして、ネイへの攻撃を止めようと考えた。

しかし、彼が近付くより早くナスカリスの手が振り下ろされ、火球がネイに向かって進み始める。

「むっ！　これはマズイ！」

倒れているネイには火球の回避は困難だろうと判断したヒイロは、その前に割って入り火球をなんとかする方向に切り替えた。

「おらに力を〜的なノリで火球を放ってくれてますね……当たったら痛そうじゃないですか！」

敵の排除より仲間の無事を優先したヒイロは、ネイを庇うようにその前に滑り込み、寸前まで迫っていた火球を腕で払い除《の》ける。

その火球は、コートの火属性無効の効果により、爆発することなく地平の彼方に飛んでいった。

それを確認した後で、ヒイロは後ろへとチラッと視線を向ける。

「ネイさん、無事ですか？」

「……ヒイロさん！　……ヒイロさんこそ、無事でよかった。いきなり飛ばされていったから、大怪我でもしているかと思ってました」

「ははは、頑丈さだけが取り柄《え》ですからね。あのくらいはどうってことはないです。ただ、突然のことだったので上空で両手を広げて飛行形態を取れなかったのが心残りですねぇ」

「また、バカなことを……」

「ふふっ、ちょっと待っていてください。あの自称妖魔公爵の方を倒したらすぐに治療しますので」

そう言ってヒイロは視線を前方に戻すも、そこには既にナスカリスの姿は無かった。

ヒイロは目を見開いて驚きながらキョロキョロと辺りを見回す。

「あれ？　……一体、どこに……」

ネイの治療より先に敵の排除をしなくてはと、ヒイロは地表をくまなく見回すが、一向にナスカリスの姿は見つからない。

元々、仲間が傷付くとそちらの方ばかりに気を取られていたヒイロ。しかしコーリの街でクエストを一緒にこなしていたレミーから、『まずは近くにいる敵の排除。そして安全を確保した後に仲間の安否確認と治療です』という戦闘の基本を叩き込まれていた。

その教えを忠実に実行しようとしていたヒイロに、空から苛立ちの声が掛かる。

「貴様は……最初に我が吹き飛ばした下賤の者か……よもや、生きていようとは……」

声に導かれるようにヒイロが宙に視線を向けると、その先にナスカリスが浮いており、忌々《いまいま》しげにヒイロを見下ろしていた。

「いつの間に空に……」

ヒイロはナスカリスが空を飛べるという事実に面食《めんく》らったものの、ナスカリスが浮いているのは地上から五、六メートルほど。それくらいなら【超越者】20パーセントのジャンプでも十分に届くだろうと、ヒイロは助走をつけるために重心を下げる。

「あっ、ヒイロさん！　あれは――」

幻術で作られた虚像《きょぞう》です、と忠告しようとしたネイだったが、言い終わる前にヒイロは数歩助走をつけて一気に飛び上がった。

「勇者であるネイさんを追い詰めるほどの強者、手加減は要りませんよね！」

大きな弧を描きつつ、ヒイロはバレーのアタックのようにナスカリスに向かって力一杯腕を縦に振り下ろす。しかしヒイロの攻撃は、身体ごとナスカリスをすり抜け、そのまま落下していった。

「えっ？　……」

ヒイロは何が起こったのか理解できず、落下途中でナスカリスの方へと身体を捻って振り向く。

しかしそのせいでバランスを崩してしまい、体の前面を下に両足両手を九十度に曲げた状態で「えええっ！」と驚きの声を上げつつ、潰れたカエルのように地面に落下していったのだった。

第14話　反撃の狼煙《のろし》は遅々《ちち》として昇《のぼ》らず

ドシャッ！

そのまま地面に叩きつけられたヒイロは、痛む鼻を押さえながら無言で立ち上がり、未だ空に浮かぶナスカリスの後ろ姿を見上げながら首を傾げた。

「……一体何が……？」

「ヒイロさん！　あれは幻術で作られた虚像です！　本物じゃないんです！」

しきりに首を傾げていたヒイロに、ネイから説明が入る。それで納得がいったヒイロは

「ああ、なるほど」と頷いてからネイの下へと急ぎ戻った。

「そういえばバーラットから、上位の妖魔は幻術が得意と言われていましたねぇ。まさか、ここまで精巧《せいこう》な幻術だったとは……」

　自分の失敗の恥ずかしさから言い訳を始めたヒイロは、ネイが足にひどい火傷を負っているのに気付くと、目を見開いてその言葉を止める。

「ふん、殺した筈の雑魚が勇《いさ》んで邪魔をしにやってきたから、どれほどの者かと思えば、その程度か……」

「ややっ！　ネイさん、酷い火傷を負っているではないですか！」

　ナスカリスが自身の幻術に見事に引っかかったヒイロを見下すように話し始めたが、その言葉は、ネイの身を案じるヒイロの耳には届かない。

「おい、聞いているのか下賤の者……」

「怪我をしているとは思っていましたが、まさかこんなに酷いとは……すぐに治療します」

「おい！　聞いているのかと言っているだろ！」

「あの……ヒイロさん？」

「なんです？　ちょっと待っててください。すぐに治しますので……」

　ネイも、空中で苛立ち始めたナスカリスが気になり、そちらに注意を払うようにヒイロに注意を呼びかけようとする。しかしヒイロはネイの傷の状態のあまりの酷さに、レミーの教えも忘れて跪《ひざまず》いてネイの足に手をかざした。

「ええい！　我の話を聞かんか、下賤の者の分際《ぶんざい》で！」

「今、忙しいんです。邪魔をしないでください！」

苛立ち紛れにナスカリスが背を向けるヒイロに向かって火球を放つが、ヒイロは振り向きざまにそれを腕で払い除け、ナスカリスを睨みつける。

「集中したいんですから、話しかけないでください！　用があるのなら、後で聞いてあげます！」

「なっ…………」

ヒイロの剣幕に絶句するナスカリスを尻目に、ヒイロは「まったく、もう……」とブチブチ言いながらネイの方を振り向いて、再び彼女の足に手をかざし、魔法を発動させた。

「パーフェクトヒール」

「えっ！」

「なっ！」

ヒイロが最高峰《ほう》の回復魔法を使ったことにより、ネイとナスカリスは驚きの声を上げる。

そんな二人を気にもかけず、ヒイロはネイに向かって微笑んでみせた。

「もう大丈夫ですよ、ネイさん」

パーフェクトヒールによって、傷は勿論、体力も回復したネイ。

彼女はヒイロに促されると、驚きから呆然となりながらもゆっくりと立ち上がる。そして、その場で飛び跳ねて傷が完全に治っていることを確認し、ヒイロへと向き直った。

「ヒイロさん、何でパーフェクトヒールを使えるの？　パーフェクトヒールの魔道書は一般には出回っていないでしょう？　……はっ！　……まさか、あのやる気のない神から貰ったスキルの力？　ヒイロさんは一体、どんなスキルを貰ったんです？」

「ネイさん落ち着いてください、戦闘中ですよ」

興奮気味のネイを落ち着かせ、ヒイロはナスカリスに向き直る。

「すみませんねぇ、待たせてしまって。で、どのようなご用件だったのでしょう？」

後頭部に手を置いた頭を呑気に下げるヒイロに、ナスカリスは無視された怒りでプルプルと震えていた。しかしすぐに、自身にイニシアチブを取り戻そうと深呼吸で気持ちを落ち着かせ、余裕ありげに笑みを浮かべてヒイロ達を見下ろす。

「ふんっ！　頑丈な体躯《たいく》やらパーフェクトヒールの使用やらで貴様には随分と驚かされたが、それだけだ。我が幻術を破れぬという現実がある以上、貴様らに勝ち目など無いのだからな」

「ふむ、確かに……しかし、強力な幻術ですねぇ。上位の妖魔の幻術は、皆こんなにリアルなものなんですか？」

「何も分かっていないんだな、何故我ら妖魔が瘴気を好むか知らんのか？　瘴気は他の生き物の身体を蝕《むしば》む上に、我等の力を数倍に引き上げてくれる。瘴気の中に入った時点で、貴様らの負けは決まっていたのだ！」

ヒイロの疑問に勝ち誇ったように答えるナスカリスを見て、ヒイロは困ったような顔で横にいるネイへと話しかける。

「聞きましたか、ネイさん。不可思議《ふかしぎ》な世界へ引き摺り込まれていたようです。敵の力は三倍ですよ〜。どうしましょうか」

「……ヒイロさんゴメン。私、それに突っ込めない」

「おや、ネイさんは特撮《とくさつ》は苦手《にがて》でしたか。まあ、私も特撮物は歳に見合った辺りでないと詳しくないですけどねぇ」

先程のヒイロのネタは、彼が幼少の頃に見ていた特撮物「異世界刑事シリーズ」の設定だった。

「特撮物の話だったんですね……男の子は一定の年代は必ずって言っていいほど見てますもんね。私も平成のバッタ男辺りならなんとなく分かるんですけど……って、オタトークに花を咲《さ》かせてる場合ではないでしょう！」

今度は逆にネイに窘《たしな》められ、ヒイロはそうでしたと慌ててナスカリスに向き直った。

ヒイロの視線の先では、ナスカリスが相変わらず宙に浮きながら、ワナワナとその身を怒りで震わせていた。

「貴様らは……よくよく我を無視してくれるな」

「いえいえ、そんなつもりはなかったのですが、趣味《しゅみ》の話になるとどうしても、ねぇ？」

「えっ！　そこで私に同意を求めるんですか？」

ねぇ、とヒイロから視線を向けられたネイは困惑気味に首を左右に振る。それを見て、ヒイロはガックリと肩を落とした。

「おや、私だけが悪者ですか……」

「いえ、そんなつもりはないんですけど……」

「だ、か、ら！　我を無視するなと言ってるだろ！」

苛立ちがマックスに達したナスカリスが、声を荒らげながら火球を放つ。

ヒイロがそれを、「おっと」と言いながら先程と同じように腕で払い除けようとしたが、腕に触れた瞬間、火球は爆発した。

「ええっ！」

「ヒイロさん！　それ、幻術の火球です！」

突然爆発した火球にビックリしながら背後に飛び退くヒイロに、同じく後退しながらネイが爆風に圧がないことから幻術と気付き説明する。

「フッハハッ、幻術の火球では弾き飛ばすことはできまい。結局、貴様らに我の幻術を破ることはできんのだ」

二人の焦った姿に溜飲を下げたナスカリスが嗤い、次々と火球を撃ち始める。

火球は直接ではなく二人の足元に狙いを定めているようで、次々と爆発を起こす。その中には幻術に混じった本物の火球もあり、爆風がネイのHPをじわじわと削り始めた。

「くっ……」

苦痛に顔を歪めるネイを見て、ヒイロの顔から余裕の色が消える。

「このままでは、ジリ貧ですね……何とか本体を見つけないと……」

「ヒイロさん、そんなこと言っても相手は空を飛んでいるんですよ。この広い空間で、見えない相手を当てずっぽうで見つけるなんてないですよ」

「いえ、私が初めて彼を見た時、彼は地面に立っていました。それが、ちょっと目を離したら宙に浮いていたので、私がこの場に来てから幻術にかけられたのでしょう。恐らく本人は空を飛べません」

「……地面の上に限定しても、やっぱり広いですよ……」

「ですよね……でも、幻術で見えないだけで間違いなく近くにいる筈ですから、効くかは分かりませんが、一つ試してみましょう……妖魔指定、サーチアイ！」

ヒイロがサーチアイを発動すると、十メートルほど前方の地面に光が浮かび上がる。それを見たヒイロはニヤリと笑った。

「正体見たりです！　ネイさん、この方角に！」

周囲に絨毯爆撃《じゅうたんばくげき》を受けながら、ヒイロは光に向かって人差し指と中指を伸ばした右手を指し示す。

「へっ……あっ、はい！」

ネイは突然指示してきたヒイロに驚きながらも、ヒイロが指し示す方向に向かって即座に雷撃を飛ばす。ネイの雷撃が迫ると、ヒイロの目に映る光は右手の方へと移動し、それに伴《ともな》って火球の攻撃が止まった。

「自称公爵さんは攻撃ができないほど焦っているようです。次はこちらですネイさん！」

「了解、はぁっ！」

「次はこっちに……バタバタと動いて、よく避けますねぇ。はい、そこです」

「何だか、指した方向に次々に雷を撃っていると、魔王候補の子供になった気分です……」

苦笑いを浮かべながらも、ネイはヒイロの指示に従《したが》って次々と雷撃を放っていく。五発目の雷撃を放つと、光は雷撃を避けると同時にヒイロ達へ向かってきた。

「おおっ、近付いてきました！」

「えっ！　どこです⁉」

敵が近付いてきていると聞き、慌てるネイを庇うようにヒイロはその前に立ち、ゆっくりと拳を構える。

「何故、バレるぅぅぅっ！」

苛立ち全開の叫び声が響き、光がヒイロ目掛けて飛びかかってくる。

光は位置を示しているだけで人型ではないので、どのような攻撃を仕掛けようとしているのかは分からない。それでも構わずヒイロは渾身《こんしん》の右ストレートを放った。

「あうちっ！」

「ぐふはっ！」

ヒイロは右頬に結構な衝撃を受けたが、それでも構わず放った一撃が腹部に当たり、ナスカリスはその姿を現しながら後方に吹き飛ばされて地面に叩きつけられる。

好機と見たネイが地面に倒れたナスカリスに追撃《ついげき》の雷を放つも、ナスカリスはすぐに後方に飛び退き、それを躱した。

「私の一撃を受けて、すぐに立ち上がりますか……思いの外頑丈なんですね……」

ナスカリスは回避の際、倒れた状態のまま、何の反動もつけずに手で地面を押した力だけで飛び上がっていた。

それを見たヒイロは、ナスカリスの細身の体に見合わない膂力《りょりょく》の高さに、殴られた頬をさすりながら目を丸くする。

しかしそれはナスカリスも同じだったらしく、忌々《いまいま》しげにヒイロを睨みつけた。

「それは我のセリフだ！　何故、我の攻撃を受けて反撃ができる！　それに、何故我の位置が分かるのだ！」

「幻術が破れなくても、対処法はいくらでもあるんですよ」

「幻術を破れていない？　……ふふっ……ふっははっ！　ならば、こういうのはどうだ！」

ナスカリスは自信ありげに叫び、火球をヒイロに向かって放つ。

「むっ！　火球を使っての目くらましですか！」

ヒイロは迫り来る火球を左腕で払い除け、その背後にいるであろうナスカリスの位置をサーチアイで確認する。

ナスカリスが火球のすぐ背後にいることを視認したヒイロは、予想通りだと右ストレートを放ったのだが、その突き出した右手には何の感触《かんしょく》も返ってこず、ナスカリスをすり抜けた。

「まさか幻術ですか！　あぐっ！」

サーチアイの反応があったのにと驚きながら、空振《からぶ》りした影響で体勢を大きく崩してしまったヒイロ。そこにナスカリスの幻影《げんえい》を突き抜けてきた足が鳩尾に当たり、彼はもんどり打ちながら後方へと吹き飛ばされた。

「くっはははっ、やはり、幻影のすぐ背後にいた我には気付けなかったようだな」

高笑《たかわら》いするナスカリスを見上げながら、ヒイロは顔を歪め痛む鳩尾に手を当てながらゆっくりと立ち上がった。

うわけですか……）

（痛《いっ》つっ……幻術のすぐ背後にいたから、本体の光が幻影に被さり光って見えていたとい

「ヒイロさん、大丈夫ですか！」

ヒイロを横目で心配しながらネイは牽制《けんせい》の雷撃を放つが、ナスカリスは余裕の笑みを崩さずに上半身を捻っただけでそれを躱す。

「幻術に頼るだけの方だと思ったのですが、基本的な戦闘力もかなり高いんですね……」

【超越者】を20パーセント解放している自分に一撃で結構な痛みを与えるナスカリスを、ヒイロは舌を巻きながら見据えた。

「ふん、当たり前だ。我が幻術を使うのは、貴様らのような下等な人間相手に直接攻撃するなど、プライドが許さないだけだからな」

「それだけの力があるのなら、瘴気などに頼らずとも十分に強いでしょうに……何故、人を犠牲《ぎせい》にしてまで瘴気の拡大にこだわるんですか」

相変わらず尊大《そんだい》な態度のナスカリスに、ヒイロは純粋な疑問をぶつける。

「ふん、確かに我は強いが、瘴気を得ればその強さは更に盤石《ばんじゃく》になる。我が望みは、この大陸を瘴気で満たすことよ。その望みを下等な人間ごときを気にして止めろとでも言うのか？　それこそ馬鹿げた話ではないか」

「……人を……この地で平穏《へいおん》に暮らしていた人達を下等と言いますか……」

ヒイロの声が一オクターブ下がる。口もへの字に曲げ、怒りを露わにしてナスカリスを見据える。

ナスカリスの言い分は、妖魔としては正論と言えただろう。

しかしヒイロには、大勢の人に迷惑をかけてまで力を望むナスカリスの野望は理解できず、それ故に許容《きょよう》できないものでしかなかった。

「我を素手で殴りダメージを与えるほどの力を持つ貴様が、何を虫ケラどもを気にしているのだ……思えば、虫ケラなど誑《たぶら》かして魔道具を作らせたのが失敗だった。攫ってきて脅して作らせておけば、設計図を失うこともなかっただろうに……そうだ、その女を手土産に再び設計図を手に入れた暁《あかつき》には、そっちの方法で魔道具を大量生産すればいい」

来《きた》るべき未来を想像してナスカリスは嗤う。その姿を見て、ヒイロの身体は怒りに震え始めた。

「……そうですね……そうですよね。あの、瘴気を生み出す魔道具なんて物があるから、貴方はそのような考えに取《と》り憑《つ》かれたんですよね……貴方の性根を入れかえる前に、まずは魔道具の破壊から取り掛かりましょう」

怒れるヒイロは静かにそう呟くと、魔道具の在《あ》り処《か》を探るために行動を開始した。

「指定、魔道具。サーチアイ」

ヒイロは淡々と魔法を発動させ、荒野《こうや》と化している辺り一帯を見回す。

「おい貴様、何をしている。今、魔道具を指定と聞こえたが……」

辺りを見回すヒイロを不審に思い、ナスカリスが眉をひそめるが、ヒイロは答えることなく目的の物を探し続ける。

（……アレは……方向的にバーラット達のいる辺りですね……反応が二つありますが、恐らく一つはバーラットの持つマジックバッグでしょう。もう一つはシルフィーさん辺りが魔道具を持っていたんでしょうか……）

視線の先、少し離れた場所に二つの光る反応を見つけたヒイロだったが、方向的にバーラット達だろうと対象から外す。

そしてそのまま海の方へと視線を移していくと、水平線の手前に瘴気の影響でぼやけるように淡く光る大きな反応を見つけた。

（！　……あれ、ですね。やけに光が大きいですけど、内包する魔力の差でしょうか？瘴気による腐食《ふしょく》で木や建物などの障害物が無くなっていたのが幸いしました。けど、遠い……海岸沿いみたいですが三キロはありますね……）

「おい！　なんとか言え！　…………‼　そうか！　探索魔法だな。魔道具指定と言っていたが、まさか我の魔道具を探しているのか！」

その事実に気付きナスカリスの顔に焦燥の色が現れるが、それと同時にもう一つの事実に気付き、焦りながらも笑ってみせる。

「そういうことだったのか……幻術に惑《まど》わされずに我を見つけられたのもその魔法を使ったからだな！　指定は妖魔といったところか？　だったら……」

ナスカリスは自分の推測に確信を持ちながら、右手を高らかに上げてその指を鳴らした。

パチンッという音が辺りに鳴り響くと、ナスカリスのやろうとしていることが分からないネイは、不安げにヒイロの方に振り向く。

「ヒイロさん、あいつがなんか仕掛けてきます……」

ネイの焦りの声にもヒイロは応えない。ヒイロの頭は、遠く離れた瘴気を生み出す魔道具をいかにして壊すかで一杯だった。

（あそこまで自称公爵と戦いながら移動……気の遠くなる話です。走って行って……も無理ですね。私だけならまだしも、ネイさんがついてこれずに孤立《こりつ》してしまいます。私があの場に行って魔道具を破壊して戻ってくるまで、ネイさん一人で自称公爵を相手取るのは、ネイさんの身が危険すぎる……そうなると、この場からの遠距離射撃《しゃげき》が一番なんですが……）

ヒイロが悩んでいる間に、ナスカリスの合図に呼応して空に影が生まれる。影はみるみる大きくなりながらナスカリスの頭上に集まりだした。

「あれって……もしかして邪妖精？」

空を見上げ、影の正体が邪妖精の集合体だと分かり、その数の多さにネイの顔が引き攣る。

「フハハッ！　雑魚とはいえこいつらも妖魔。貴様の探索魔法がこの全てに反応するとしたら、その中から我を見つけることはできまい！」

勝ち誇るナスカリスだったが、それにもヒイロは意に介さない。

というより、怒りの矛先《ほこさき》を一旦《いったん》魔道具へと移してしまったヒイロには、目の前の目的以外のことに意識を割《さ》くような器用な真似はできなかった。

（遠距離射撃……今の私の手持ちの攻撃方法でそんなことができる物はありません……であれば、新たに生み出すしかありませんが、どのようなイメージにすればいいのやら……遠距離射撃……月の魔力を使い瘴気を生み出す魔道具……月の魔力の利用……アレですね！）

イメージの固まったヒイロの頭に、久しぶりの出番だと喜び勇み、必要以上に魔法の制作に力を入れる【全魔法創造】の声が即座に響く。

〈【全魔法創造】により、月魔力集積型超遠距離射撃殲滅魔法《つきまりょくしゅうせきがたちょうえんきょりしゃげきせんめつまほう》、ルナティッククレイを創造します――創造完了しました〉

（なんとなく声色《こわいろ》が嬉しそうに上《うわ》ずっていたような気がしますが……気のせいですよね。

しかし、相変わらず【全魔法創造】さんは仕事が早い。これで、自称公爵に吠《ほ》え面《づら》をかかせることができます！）

ヒイロの怒りに呼応して作られた【全魔法創造】の力作に殲滅の文字が入っている意味を、ナスカリスの野望の根源《こんげん》を破壊することしか頭にないヒイロは気付かなかった。

そして――

「ネイさん。月は出ていますか」

「えっ！　……あの……ヒイロさん、今は月を気にしてる暇はないんですけど……」

遠くの魔道具の反応を見据えたまま呟くように聞くヒイロに、ネイは邪妖精の大群とヒイロを交互に見ながら狼狽《うろた》えつつ答える。

「はい？　気にしてる暇はないって……おおっ！」

そこで初めてナスカリスの方に目を向け、彼の姿が見えなくなるほどに集まった邪妖精の大群に気付いたヒイロは、驚愕の表情を浮かべる。

「アレは一体……」

「あいつが集めたんです！　ヒイロさんがボーッとしている間に。なんか、幻術で正体がバレないための対策とか言ってましたよ」

「まさか、妖魔指定のサーチアイの能力がバレたんですか……何故に？」

自分の失態《しったい》に気付いていないヒイロは、これはさっさと目的を果たさないといけないと、魔道具の反応の方へ目を向ける。そして、先程の決め台詞《ぜりふ》を再びネイに投げかけた。

「ネイさん、月は出ていますか？」

「また、それですか？　月は……瘴気のせいでボンヤリしてますけど見えますが……まさか何かするつもりですか？」

不思議そうな表情を浮かべるネイに、ヒイロが頷く。

「ええ。条件は月が出ていること。それが満たされているのなら……ルナティックレイ、発動です！」

ヒイロの魔法の発動と同時、月から降り注ぐ魔力が淡い光の帯として視認できるほどに集束し、ヒイロの背中の辺りに集まりだす。

それと同時に、ヒイロの視界の右上に30という文字が浮かんだ。何の反応もないことから、ネイに見えていないようだ。

そしてその文字は、29、28と徐々に減っていく。

「まさか、チャージのカウントダウンですか？　長すぎです！」

その数字の意味に気付いたヒイロが驚きの声を上げるとともに、ナスカリスがヒイロの背後に集まりだした魔力に気付き目を見張る。

「貴様、その魔力はなんだ！　まさか……我の魔道具を壊す気か！　そんなことはさせんぞ！」

叫ぶや否《いな》やナスカリスがヒイロに向けて指差すと、それに呼応して集まっていた邪妖精が一斉にヒイロの方へ向かっていく。

咄嗟に顔の前で腕を十字に組み、守りに入るヒイロ。そのヒイロの前に立ち、ネイが全身に雷を纏って邪妖精を振り払おうとするが、邪妖精の群体《ぐんたい》は左右に分かれてネイの脇をすり抜ける。

そして通り過ぎざまヒイロに針のような槍を突き立てながら弧を描き、再びナスカリスの元へと戻っていった。

邪妖精の攻撃は、【超越者】20パーセントのヒイロにダメージを与えられるようなものではなかったが、それでもチクチクと痛みを与えられてヒイロは集中力を削がれていた。

せっかく22までいっていたカウントが、集中力を削がれて魔力が四散してしまったために25に戻ったのを見て、ヒイロが渋い表情を浮かべる。

「この魔法……思いの外集中力が必要なようです。あの邪妖精……厄介ですね」

「フハハッ、貴様の思い通りにはさせんぞ！」

邪妖精による妨害が思っていた以上に効果があることに気をよくしたナスカリスは、再びヒイロに邪妖精をけしかける。さらに今度は自分も火球を生み出し、群《むら》がる邪妖精ごとヒイロの足元で火球を爆発させていた。

「くっ！　この邪妖精達は、自分達も攻撃されているのに何故、逃げないんですか？」

「魔物の中には、自分より下位の存在を服従《ふくじゅう》させる能力を持つものがいるんです。多分あいつも、妖魔の中で自分より下位の邪妖精を強制的に操っているんだと思います」

「最初っから邪妖精達に自由意志は無かったわけですか……卑劣《ひれつ》なことを！」

邪妖精の猛攻《もうこう》とナスカリスの爆炎に晒されながら、ヒイロは邪妖精を憐《あわ》れみつつナスカリスへの怒りを募《つの》らせていく。

「ヒイロさん、この状況を何とかする手段はありませんか？　このままではジリ貧ですよ」

「何とかと言われましても……魔法は重複《ちょうふく》使用ができないので、この魔法が完成するまで他の魔法は使えませんし……」

「先にあいつを倒してしまった方がいいんじゃないですか？　魔道具の破壊はその後でも……」

「いいえ、それでは彼の心をへし折ることはできません。彼の野望の源《みなもと》を壊さなければ、彼はまた同じことを繰り返します」

「それって……」

ヒイロにナスカリスを殺す意思が無いことに気付き、ネイに動揺が走る。

「ヒイロさん、貴方はあいつを殺さないつもりなんですか？」

ネイの思いつめたような口調の問い詰めに、ヒイロは何も答えられずに口を閉ざす。

ヒイロとて、ナスカリスを殺してしまった方が後腐《あとくさ》れがなくなることぐらい分かっている。

しかし、彼は恐れていた。

人型のゴブリンを殺した時、自分の感情は特に動かなかった。そして今、意思の疎通《そつう》ができ、肌の色以外特に人と変わらないナスカリスを手にかけた時、もし自分が何も感じなかったら……

（人を殺したのなら、それ相応の心の苦痛くらいは人として味わうべきです。そうでなければ、気に入らない人を次々と何の感慨も持たずに、罪を罪とも思わずに殺してしまう。そんな短絡的《たんらくてき》な人間になってしまいそうで恐ろしい……殺人鬼が標準《ひょうじゅん》装備してそうな、精神強化チートなんて、私は欲しくないのです。そして、それはネイさんにも言えること。簡単に彼を殺すという決断ができてしまっていることがいかに異常か、彼女は気付いているのでしょうか……）

ヒイロは願う。

自分が、そしてネイが、血塗《ちぬ》られた未来に進まないことを――この世界に来て今までがそうであったように、バーラット達とともに面白おかしく、何の気兼《きが》ねも無しに冒険できるように……

そのためにも、ナスカリスを屈服《くっぷく》させるのに必要な、野望の根源たる魔道具の破壊を実現する。

その手段であるルナティッククレイのチャージ時間が、ヒイロはどうしても欲しかった。

しかし、それも難しいかもしれないと考え始める。

「クックックッ、そろそろ我も本腰を入れようか」

自身の火球の爆発とネイの雷撃で数が減った邪妖精の補充要員を自身の周りに集めながら、ナスカリスは余裕の表情でヒイロ達を見据える。

そしてその一方で、場合によってはルナティッククレイを一旦解除することも念頭《ねんとう》に入れ、ヒイロはナスカリスの視線を真っ向から見返した。

(殺人鬼ルート……勘弁して欲しいですねぇ……ですが、まだ若いネイさんにその道を歩ませるくらいなら……)

心からそう思いながらも、覚悟を心の中に準備し始めるヒイロ。しかし、その矢先――

「ギャアーーーーーッ!」

ナスカリスが突然苦痛の叫び声を上げた。

第15話　ルナティッククレイ

「えいっ！」

「ギャアーーーーーッ！」
・・・
彼女は渾身の力を込めて槍を突く。

邪妖精が地面に落としたのを拾ったその槍は、男の柔らかい眼球に深々と突き刺さった。

突然の激痛に男が反射的に目を押さえにきた手を、彼女は槍から手を離しギリギリで回避する。

普通、楽観的《らっかんてき》で快楽主義的なところがある彼女の種族は、自分より格上の相手に一人で立ち向かうような真似はどんな理由があろうと絶対にしない。如何《いか》なる理由も自分の命には代えられないというのが、彼女の種族が持つ一般的な常識だったからだ。

しかし、彼女は立ち向かった。自分の相棒の窮地《きゅうち》を救うために。

男は右目に刺さった槍を指で摘《つま》んで抜き取りながら、自分にこんな真似をした存在を残った左目で睨みつける。彼女はその視線に恐怖を感じ全身を震え上がらせた。

「この羽虫がぁ！　よくも我の目を！」

「ひぃっ！」

自分を捕まえようとする男の手を掻い潜《くぐ》り、彼女は一目散に飛んで逃げる。

出会ってから今まで、側にいると安心できた相棒の下へと。


右目を押さえ、左手をブンブンと振り回すナスカリスをヒイロとネイが呆然と見ていると、そのナスカリスの側から一人の邪妖精がヒイロ目掛けて飛んで来るのが見えた。

ヒイロ達の周りやナスカリスの周りにいる他の邪妖精達は、命令元のナスカリスが痛みで呻いている為か、その場から動かなくなっている。

自分目掛けて飛んで来る邪妖精を呆然と見ていたヒイロは、その姿を確認して目を輝かせた。

「ニーア！」

「ヒイロー！」

ヒイロに名を呼ばれた邪妖精――ではなくニーアは、泣きそうな顔で答えながら飛んできた勢いのままヒイロの懐に飛び込んだ。

「怖《こわ》かったよぉ～！」

自分の胸に顔をうずめて震える相棒の姿を優しい笑みで見ながら、ナスカリスに何かしたのはこの相棒なんだなとヒイロは察する。そして相棒が稼《かせ》いでくれた時間を無駄にしないためにルナティックレイに集中した。

「ニーアちゃん、あいつになんかしたの？」

ネイの問いかけに、ニーアはヒイロの胸から顔を離しコクリと頷く。

「うん。バーラットのところからネイの様子を見に行こうと飛んだんだけどさ、途中でネイがどこにいるのか分からないことに気付いて、ウロウロしてたんだよね。そしたら、邪妖精の大群が押し寄せてきて呑み込まれちゃって……それで、もみくちゃにされながら飛んでたらいつの間にかあいつの側にいたんだ。それで、何でって思いながらキョロキョロしてたらヒイロの姿を見つけて、すぐに行こうとしたんだけど、なんかヒイロが押されてるっぽかったから、落ちていた槍を拾ってあいつの右目を目掛けてえいって……」

口早に自分の武勇伝《ぶゆうでん》をまくしたてるニーアの話を聞いて、質問したネイとルナティックレイに集中していたヒイロの背筋が震え上がる。

「眼球に針って……」

「言わないでください。想像すると手に力が入らなくなりそうです。しかし、ニーアのお陰で時間が稼げました。チャージ時間が10秒を切りましたよ」

「あっ！　ヒイロ、来るよ！」

ニーアの切羽詰《せっぱつ》まった言葉にヒイロがナスカリスの方に目を向ければ、ナスカリスは鬼の形相《ぎょうそう》でヒイロの胸元を睨みつつ指を差して邪妖精に指示を出し、更に自分も火球を生み出していた。

「くっ、もう少しだというのに……」

「ぼくに任せて。ネイ！　ヒイロに近付いて時間を稼いで！」

ニーアの指示に従い、ネイはヒイロの側に近付いて、再び動き始めた邪妖精達を払い除けていく。

しかしヒイロに群がる全ての邪妖精を払い除けられるわけもなく、懐に収まっているニーアを庇っているヒイロは、全身をチクチクと刺され集中力をどんどんと削がれていった。

「ニーア、まだなの？　私の力って、味方の近くで守るのには適してないの」

「ぬぬぬっ！　チャージ時間を維持するだけで精一杯《せいいっぱい》です」

苦戦するヒイロ達を見ながら、ナスカリスはトドメとばかりに火球を放る。そこに、自分を優位に見せようと余裕ぶっていた姿はもう無い。ただ魔道具を壊そうとするヒイロと、自分を傷付けたニーアに対し、憎しみだけを込めて火球を放った。

「火球来ます！」

（くっ、やはり無理ですか……こうなったら……）

ヒイロがルナティックレイを断念しようとしたその時――

「完成したよ！　エアシールド！」

呪文を完成させたニーアが魔法を発動させる。

空気の壁がヒイロ達を囲んでいた邪妖精を弾き飛ばすように展開していき、ちょうどヒイロとネイを包む形でその広がりを止めた。

「ニーア、自称公爵の火球は強力ですよ。風の壁では……」

「10秒持てば、後はヒイロが何とかしてくれるんでしょ。それくらいなら、ぼくのMPを全部つぎ込んでも止めてみせるよ！」

「えっ！　全部って――」

ネイの声はエアシールドに当たった火球の爆音で掻き消される。ニーア渾身のエアシールドは、その意気込みに応えるように火球の爆発に耐えた。

「くそっ！　羽虫の分際で！」

羽虫と見下していたニーアのエアシールドに火球を止められたナスカリスは、悔しさからギリギリと歯軋《はぎし》りしながら二発、三発と続けて火球を放つ。

しかしその全てが、ニーアが両手をかざしＭＰを注ぎ続けたエアシールドによって食い止められた。

「3……2……1……ニーア、ありがとうございます。お陰で準備は整いました」

「そう……よかった……」

懐からヒイロを見上げ、力を出し切った為か力なく微笑むニーア。彼女に優しい笑みを返したヒイロは、魔道具の反応があった辺りをキッと見据えた。

ルナティッククレイを発動しているために、既にサーチアイによる目印は無い。しかし、ニーアが稼いでくれた時間を無駄にすることは、ヒイロにとって許されることではなかった。

（絶対に外しません！）

そう心に誓いながら、ヒイロはゆっくりと半身になり、人差し指と中指を伸ばした右手で、記憶をなぞってここだという場所を指差す。

「ルナティッククレイ……始動！」

始動の言葉が発せられると、背後に集まっていた魔力が一気にヒイロに吸収される。そしてそのまま、真っ直ぐに伸ばされた腕を通り指の先端の宙にキュインキュインという甲高い音を発しながら収束《しゅうそく》していく。

そしてほんの数秒で、月の魔力は直径一メートルほどの黄色く光る球として形成された。

「な……なんだその魔法は……」

まるで月の分身のような姿の魔力の塊を見て、ナスカリスが見て分かるほどに動揺する。

「くっ……その魔法がどのようなものか知らんが、魔道具には何重にも防御壁を張っているのだ！　貴様の魔法ごときで破れると思うな！」

「発射！」

ナスカリスの強がりの言葉を無視して、ヒイロはルナティックレイを放つ。

ルナティックレイはレーザーのように尾を引きながら、一直線に瘴気を切り裂きつつヒイロが指差した方向へ向かっていく。そして——

チュドッ！

思いの外小さな着弾音を響かせた後、そこを基点《きてん》にドーム型の黄色い光が生まれ、徐々に広がり始めた。

規模的には直径十五メートルから二十メートルほどだろうか、その魔法効果エリアを徐々に広げてはいるが、遠目には小さな光にしか見えず、ヒイロは眉をひそめる。

「大袈裟な準備の割には思いの外威力がな……いいいいっ！」

そんなヒイロの言葉は、一瞬遅れてやってきたゴォォォォッ！　という轟音《ごうおん》と爆風に掻き消される。

進路上の瘴気を綺麗に吹き飛ばしながら放射線状に吹いてきた爆風は、凄まじいものだった。

ヒイロは胸元でぐったりしているニーアを手で庇いながら、もう一方の腕を顔の前に持ってきて前傾姿勢で踏ん張り、ネイはヒイロの首に両腕を回して彼を風除《かぜよ》けにし、堪えることができていた。

ナスカリスも地面に四《よ》つん這《ば》いになりながら堪えているが、邪妖精達は一人残らず飛ばされてしまっている。

暴風《ぼうふう》の中ヒイロが何とか目を凝《こ》らすと、光のドームは急速に成長しており、既に直径500メートルほどになっていた。

「前言撤回《ぜんげんてっかい》です……恐ろしい威力です。でも、この威力と範囲なら、少し着弾がズレていても問題ないですねぇ」

急速に拡大する魔法効果エリアに目を点にしてしまっているヒイロに、背後にしがみ付くネイが叫ぶ。

「問題アリアリです！　何であんな、サテライト的なモノを撃っちゃうんですか！」

「想像しちゃいましたからねぇ……しかし、あんな広範囲攻撃になるとは……人がいなくてよかったです。この魔法、今後使い道があるんでしょうか……」

最終的に直径一キロほどに成長した黄色に輝くドームを遠目に見て、ヒイロは渇《かわ》いた笑いを浮かべながら呟いた。

「なんだアレは……」

レミーの【気配察知】を頼りに、レミーとシルフィーに肩を借りながらヒイロ達の下へと歩を進めていたバーラット。少し離れた所から、光線が地面とほぼ水平に飛んでいったのを見た彼は、目を見開く。

「魔法……でしょうか」

「だとしたら、放ったのはヒイロさんじゃないですか？　海岸辺りに着弾したみたいですけど、魔道具を見つけて狙ったんじゃないでしょうか」

シルフィーの疑問にレミーが答えた刹那、爆風が三人を襲う。

「おおおっ！　何だこりゃぁ！」

「ひいっ！」

「やっぱりヒイロさんです！　こんな威力の魔法、ヒイロさん以外考えられません！」

暴風の中、三人肩を組み前傾姿勢で風に耐えているバーラット達は、その視線の先で徐々に大きくなっていく黄色く輝くドームを見て呆然とする。そして、暴風が過ぎ去った後、その場で力無くペタンとへたり込んだ。

「あれ……小さな町なら丸ごと壊滅するレベルの威力ですよね……」

「なんつう魔法を使いやがるんだ。戦略級殲滅型魔法《せんりゃくきゅうせんめつがたまほう》レベルじゃねえか……」

「魔道士が二桁《けた》か三桁の人数で、半日くらい時間をかけて使う魔法でしたっけ？　使ったヒイロさん自身が一番驚いてそうですね」

シルフィーの恐怖混じりの呟きに、バーラットとレミーは半ば呆れたように答える。そんな二人の様子を、シルフィーは信じられないとでも言いたげな面持ちで見つめた。

「何でそんなに冷静でいられるんですか！　個人であれほどの魔法を使えるとしたら、脅威以外の何物でもないじゃないですか！」

「そんなこと言われても、なぁ」

「ええ、ヒイロさんの甘さと優しさはこの世界でもトップクラスです。たとえ自分が死ぬような目にあっても、アレを人に向けないことは分かりきってますから」

バーラットから同意を求められ、レミーはのほほんとしたヒイロの笑顔を思い出しながら苦笑混じりに答える。

「そんな悠長《ゆうちょう》なことを……」

「言っとくが、契約を忘れたわけじゃねぇよな。この戦いで起こった全てのことは他言無《たごんむ》用《よう》だぞ」

バーラットの鋭い一言に、シルフィーは口をつぐんだ。

シルフィーとて、神の名の下《もと》に約束したことを反故《ほご》にするつもりは毛頭無《もうとうな》い。しかし、それで不安が拭《ぬぐ》えるわけでもなく、渋面のままバーラットを見据える。

そんなシルフィーに、バーラットは面倒臭そうにため息を一つついた。

「あのなぁ、シルフィー嬢。ヒイロはその気になればお前さんの記憶を操作して自分をただの人と思わせることだってできたと思うぞ」

「えっ！」

「それをしなかったのは、ヒイロが自分の利益のために他人の記憶をいじるような真似を嫌う奴だからだ」

「それ以前に、甘々なヒイロさんはそんな方法なんか思いもしなかった可能性の方が高いですけどね」

レミーの補足に、バーラットは「そりゃ、ありえる」と答え、二人は心の底から笑い合う。

そんな二人を見て、シルフィーはしばらく呆然としていたが、やがて自嘲《じちょう》しながらため息を一つついた。

「聖職者の心構えは、人を信じることが大前提でした……教会内の権力抗争《こうそう》に中《あ》てられて、そんな当然のことを忘れていましたわ……主よ、申し訳ありません。私の心は俗物《ぞくぶつ》に毒されていたようです！」

突然立ち上がり、胸の前で手を組んで天を仰ぎながら懺悔《ざんげ》し始めるシルフィーを、今度はバーラットとレミーが呆然と見つめていた。

「さすがに暗くなってきましたね。ライト！」

先程までルナティッククレイの光を見ていたせいか、完全に日が沈んだ闇が余計に暗く感じたヒイロ。彼は魔道具がどうなったのかの確認も兼ねて、ライトの魔法で光を複数宙に浮かし、今いる場所から魔道具があった辺りまでの一帯を明るくする。

その灯《あか》りに照らされ、四つん這いのまま遠目にも分かるクレーターを呆然と見つめるナスカリスの姿もハッキリと映し出された。

黄色に輝くドームが消えた後には、海水がクレーターに浸入《しんにゅう》し、綺麗な半円状の湾《わん》が形成されている。

「バカな……」

あの威力の前には、魔道具の周りに施していた幾重《いくえ》もの防護壁《ぼうごへき》が何の意味も無いことは、ナスカリスにも理解できていた。

それ故の喪失感《そうしつかん》で呆然としていたナスカリスだったが、やがて爆風に巻き上げられた瘴気が上空から降り落ちてくると、その口から笑い声が漏れ始める。

「クッ……ククッ……ハッハハハハッ！」

「何です？」

「野望の拠《よ》り所《どころ》を失っておかしくなっちゃった？」

ゆっくりと霧のように舞い降りる瘴気の中、突然壊れたように笑いながら立ち上がるナスカリスに、ヒイロとネイは咄嗟に数歩後ずさりつつ身構える。

「無くなった物をいつまでも嘆《なげ》いていても仕方がない……目の前に新たな希望の種があるのだ！　それを手に入れればいいだけの話だ」

そう言って残った左目をカッと見開き、ネイを見るナスカリス。

「思っていた以上に打たれ強い人ですねぇ……」

「ほんと、往生際《おうじょうぎわ》の悪い奴……」

ナスカリスの野望に狂った視線に危険を感じて、身を守るように身体を抱いて後ずさるネイ。ヒイロはその視線から庇うように、ネイの前に立ちながら、懐でグッタリしているニーアをそっと取り出しネイに渡す。

「ニーアをお願いします」

「本当にMPを使い切っちゃったんだ……」

ネイがニーアを愛《いと》おしそうに両手で受け取り数歩下がると、ヒイロはそれを見届けてナスカリスの方に向き直る。

「希望がある以上、諦めませんか……それが、如何《いか》に醜《みにく》い希望であっても……」

「醜い？　……妖魔全ての希望を醜いと言うか！　貴様は！」

「ええ、醜いですね。他の人達を蔑《ないがし》ろにし、自分達だけが良かれという、貴方の希望は醜すぎます！」

右手を横に払うような仕草をしながら叫ぶナスカリスに、ヒイロも声に怒気を込めて答える。

「貴方の希望……いえ、野望は叶《かな》えさせるわけにはいきません！　ここで、完全に断《た》ち切らせていただきます！」

叫びつつ拳を構えるヒイロを見て、ナスカリスもゆっくりと構えをとった。

「ふん……魔道具を失ったのは、貴様を雑魚と侮《あなど》り直接手を下すことを良しとしなかった我の失態……ここで貴様を殺し、その失態を取り返させてもらうぞ！」

ブライドを捨て、ナスカリスは気合とともにヒイロの懐へと飛び込む。

突然間合いを詰めてきたナスカリスに対し、ヒイロは右の拳を打ち込むが、ナスカリスはそれを左腕で払い除けながら右の拳をヒイロの顔目掛けて放つ。

「くっ‼」

ヒイロとて、この世界に来てから遊んでいたわけではない。バーラットとの訓練や、レミーやニーアとともに行った実戦。それに伴う【格闘術《かくとうじゅつ》】の上昇により、攻撃に対する反応速度はそれなりに上がっていた。

それらの成果によりナスカリスの攻撃に反応したヒイロは、上体を仰け反らせてナスカリスの攻撃を躱しつつ、振り上げるように蹴りを放った。しかしナスカリスはその脛《すね》に足を乗せ、蹴りの勢いを利用してバック宙《ちゅう》してヒイロとの距離を取る。

「肉弾戦を得意とするようには見えなかったんですけどねぇ……」

「剣の方が得意なんだが、貴様らごときに必要無いと思い置いてきたのは失敗だったな。だが、無手の戦闘も執事の手ほどきで習得済みよ。貴様に後れを取るつもりは無い」

再び構えを取るナスカリスを見て、ヒイロは内心舌を巻いた。

（技術面や経験では彼の方が上ですねぇ……20パーセントでは、瘴気の恩恵《おんけい》を受けている彼と、力、スピードともに互角《ごかく》のようですし……これは最悪の事態を覚悟の上で、【超越者】の力を上げることも考えないといけませんか……）

自分が負ければ、ネイにまで危害が及ぶ。それだけは絶対に避けないといけないと、ヒイロはナスカリスを殺してしまうことも視野に入れて、【超越者】の力を制御不能なところまで上げる覚悟をする。

「【超越者】……30パーセントです！」

ナスカリスがここまで見せた実力的に、このくらいなら当たっても耐えてくれるのではないか。そんな密かな期待と後ろ向きで煮え切らない希望を込めて微妙に力を引き上げたヒイロは、仕切り直しだと構えを取り直す。

ヒイロの覚悟を決めた視線を受けて、ナスカリスも様子見《ようすみ》は終わりだと警戒心をマックスまで上げて構えを取り直した。

先手を取ったのは、またしてもナスカリス。

再び間合いを詰めたナスカリスは右のストレートを繰り出し、ヒイロはそれを身体を左に振って躱したのだが――

バシュ！

左に身体を振ったヒイロの左頬に、ナスカリスの右フックが突き刺さる。

「ぐぅ！　……？」

突然の衝撃に顔を弾かれながらも、ヒイロの頭の中にはクエスチョンマークが沢山浮かぶ。

（右ストレートを躱したら、右フックを受けてしまいました……私の目に見えない速さでストレートを引き戻し、フックを放ったんですか？　30パーセントに引き上げた私に？）

顔を弾かれて体勢を崩した混乱するヒイロに、ナスカリスは追撃の拳を繰り出す。咄嗟に腕を顔の前に持ってきてガードを試みるヒイロだったが、腕に衝撃は無く、代わりに鳩尾に発生した衝撃により、ヒイロは後方に吹き飛ばされた。

後方に一回転がり、膝立ちになったヒイロの目に、たった今ヒイロを蹴った右足を下ろすナスカリスの姿が映る。

（パンチだと思ったのに蹴りですか？　一体どうなって……あっ！）

30パーセントは、ヒイロが完全には制御しきれない領域で、身体を動かすと力に振り回される感覚がある。とはいえ動体視力や反射神経も引き上がっているため、20パーセントの時よりもナスカリスの動きをしっかりと把握でき、ヒイロは余裕を持って回避できる筈だった。

しかし今は、それが仇《あだ》となっていることにヒイロは気付いた。

（幻術……ですか。自分の姿を見えなくし、重なるように自分の幻術を生み出す。幻術に攻撃をさせて私が躱したところで幻術を解除して本体が攻撃する……）

「……気付いたようだな」

敵の戦法に気付いて唖然とするヒイロを見て、ナスカリスは余裕からくる笑みを口元に携える。

「まあ、気付いたからといってどうすることもできんだろうがな。生き物はどうしても視覚情報に頼ってしまうもの、それが幻と分かっていても体は反応してしまう。そのわずかな反応が、接近戦では致命的《ちめいてき》になる。我《われ》が剣を持っていたら、お前は既に二回死んでいるぞ」

幻術に見事に引っかかるヒイロの姿を嗤うナスカリスに対し、ヒイロはため息を一ついて痛む頬をさすりながらゆっくりと立ち上がった。

「そうでしたね。格闘マンガのような、拳と拳がぶつかり合うシーンを想像していて、貴方の得意技をスッカリ失念していました。それに、罠に嵌めて喜ぶ妖魔の性質もね」

妖魔は自分の罠に嵌まった相手を見て喜ぶ。ならば、どっぷりとその策に嵌まってしまった自分に、すぐに死んでしまうような大技は放ってこないだろうと、ヒイロは覚悟を決める。

「さあ、来なさい！」

「ふん、随分な強がりだな、我が幻術は五感をも惑わす。いくら幻と思い込もうが貴様の身体に刻み込まれた武は、貴様の思惑と関係なしに反応するぞ」

ナスカリスは嗤いながら、無数の拳をヒイロに向かって放つ。それは拳の速さによる残像などではなく、無数の手を幻術で生み出した結果である。

故にヒイロの目にも無数の拳が迫り来るように映り、その拳の弾幕《だんまく》を前にヒイロは両腕をブランと垂らし苦笑いを浮かべる。

「2000年の歴史を持つ暗殺拳の代名詞みたいな技ですねぇ……頭が爆発するような事態は勘弁願いたいところです」

「ふん……力を抜いて反射運動を止める気か？　無駄なことを！　ならば、我の攻撃を無防備に喰らい地に伏《ふ》せるがいい！」

棒立《ぼうだ》ちにしか見えないヒイロに対し、拳の弾幕を隠《かく》れ蓑《みの》に、幻術で姿を消しているナスカリスはハイキックをヒイロの左側頭部目掛けて放つ。

しかしナスカリスは知らなかった。自分を追い詰めた相手が、攻撃に無意識に反応する達人のように武に染まっていないことを。そして、その頑丈さを生かし相手の攻撃を無視してカウンターを放つような、普通ならありえない訓練をしていることも。

ヒイロはどのような攻撃にも対応できるように中腰になりガニ股で踏ん張りつつ全身に力を込める。そして、左側頭部に衝撃が走るも微動《びどう》だにせず、次の瞬間には素早く衝撃のあった方へと手を伸ばした。

ガシッ！

「ぬうっ！」

「……捕まえましたよ」

幻術が消えたその後には、動揺の色を隠せないナスカリスの伸ばした右足の足首を、不《ふ》敵《てき》に笑いながら左手で掴むヒイロの姿があった。

「……何故だ！」

動揺しながら、ナスカリスは掴まれた足を外そうともがくが、【超越者】を30パーセントに引き上げ、力で相手を上回《うわまわ》ったヒイロは、余裕でナスカリスの足首を掴み続ける。

「来ると分かっている攻撃なら耐えられますよ。そして、捕まえてしまえばこっちのものです！　ホールドバーン！」

何故蹴り足の足首を掴まれたのか、何故こんなに暴れているのにヒイロの手を振りほどけないのか、理解できずに困惑するナスカリス。そんな彼に、ヒイロは心を鬼にして焼握《しょうあく》魔法《まほう》ホールドバーンを発動する。

「ぐっがぁぁぁぁぁっ！」

ジュッ！　という音とともに焼かれる激痛にもがき苦しむナスカリスを、暴れる右足首を離さないヒイロは悲痛な表情を浮かべながら見つめる。

（こんな酷いことをしているのに、何故私の心には罪悪感が生まれないんですか！）

身を焼かれる苦しさから苦痛に歯を食い縛るナスカリスと、こんな非道《ひどう》な行いをしながら罪悪感が生まれないことに苦痛を感じ、歯を食い縛るヒイロ。奇《く》しくも同じ表情を浮かべることとなった二人の攻防は、その状況に我慢できなくなったヒイロが手を放すことで終焉《しゅうえん》を迎える。

「ぐっ……あああ……」

倒れこみ、酷く焼けただれてしまった右足首を触ることもできずにうずくまるナスカリスを、ヒイロは悲痛な表情で見下ろす。

「くっ……ううう……我を……そんな憐れみの目で見るなぁぁぁ！」

自分を見下ろすヒイロの表情に気付いたナスカリスが、プライドを打ち砕《くだ》かれた怒りから火球を生み出しヒイロに向けて放つ。だがヒイロは、右に身体を傾けてそれを躱しながら、ナスカリスへと近付いた。

「回復してあげるわけには、さすがにいきませんよね……せめて、気絶して楽になってください。20パーセント」

ナスカリスの側まで来たヒイロは、【超越者】のパーセンテージを下げてナスカリスの襟首《えりくび》を掴み持ち上げると、その鳩尾に全力で拳を打ち込む。

「かっはっ！」

ナスカリスはヒイロの拳を受けて身体をくの字に曲げ、肺の空気を全て吐き出すような呻き声を上げた後、ダラリと全身の力を抜いて動かなくなった。

第16話　終演《しゅうえん》の後で

ヒイロは動かなくなったナスカリスを静かに地面に下ろすと背後に振り向き、ネイへと視線を向ける。

「終わりましたよ」

「ヒイロさん……」

勝ちながらも悲しげに微笑むヒイロにネイが駆け寄り、その手に大事そうに乗せたニーアを差し出す。

「ニーアちゃんが起きないんです」

「えっ！」

驚いたヒイロは、マジックバッグ経由で時空間収納からタオルほどの大きさの布を取り出すと、三回ほど折り地面に敷いて、その上にネイから受け取ったニーアを寝かせた。

浅く息をしているのは分かったが、ニーアはグッタリとして全く動かない。

「ニーアはどうしてしまったんですか？」

「MPを完全に使い切ってしまったんだと思います。MPはその生き物の精神力に直結して、普通は減っても徐々に回復していくものですが、0になってしまうと昏倒《こんとう》してしまい、自力ではなかなか回復できなくなってしまうんです。HPみたいに0になったらすぐに死ぬわけではありませんけど、このままだと危険だと思います」

「なっ……」

ネイの説明に絶句するヒイロだったが、魔族の集落で買ったMPポーションの存在を思い出し、再びマジックバッグを漁りだす。

「あった！」

「MPポーションですか」

ヒイロが取り出した瓶を見て、ネイが顔を輝かせる。

「ニーア、飲んでください……」

コルクの栓を開け、跪いたヒイロがニーアの口元に瓶の口を持っていき傾ける。しかしMPポーションはニーアの顔を濡《ぬ》らすだけで、彼女が飲む気配はなかった。

「サイズ的に飲ませづらいです！」

上半身がMPポーションでビショビショになり、苦しそうな表情に不快そうなものが混じってしまったニーアを見て、ヒイロが悲しげな表情でネイの方に振り向く。

「飲ませづらいって……あっ、そうだ！　口移しならどうです？」

よくあるシーンを思い出したネイの提案に、ヒイロは「なるほど」と頷きニーアの方に向き直ったが、そこで少し硬直して再びネイの方に顔を向ける。

「サイズ的に不可能です……」

ニーアの身長は約二十センチ。その気になれば口の中に頬張れる大きさである。そんなサイズ差で、大きい方から小さい方に口移しするのは不可能であると気付いたヒイロは、再びネイに助けを求めた。

「……確かに、口移しは無理そうですね……じゃあ、どうすれば……スポイトみたいなのがあれば流し込めそうですけど、そんな物無いですよね」

試しに聞いてみたネイに対し、ヒイロはブンブンと首を左右に振って答える。

「なら、他には……何かMPを補充する方法は……」

「MPを補充……あっ！」

ネイの言葉に、かつて魔族の集落で戦った敵――ゾンビプラントの能力を思い出し、ヒイロは慌ててマジックバッグを漁りだす。

「あの魔道具ならもしかして……あった！」

「……何です、それ？」

ヒイロが取り出した銀色に輝く指輪を見て、ネイが小首を傾げる。

「以前、周りの人のMPを吸い取る魔物を倒した時に出てきた戦利品です。鑑定はしていないんですが、恐らく効果は……」

ネイに説明しながらヒイロは指輪をニーアの左腕にはめると、祈る気持ちでニーアに手をかざした。

するとヒイロのMPがジワジワと減り始め、苦しそうだったニーアの息が正常なものへと変わっていく。その様子に、ヒイロとネイはホッと胸を撫で下ろした。

「何とか……なりそうですね」

「そう……みたいですね……」

ヒイロに同意しつつ安心したネイは、しばらくニーアを優しい笑顔で見下ろしていたが、やがてその視線を鋭いものに変えつつナスカリスの方へ視線を向けた。

「本当に、よかったです……」

「そう、ですね……」

ヒイロに適当に相槌《あいづち》を打ちながら、ネイは彼に気付かれないようにゆっくりとナスカリスの方に身体の向きを変える。

その表情は、ニーアの無事が確認できた時の嬉しそうな優しい笑顔から、強い殺意を持っていることがありありと窺えるものに変わっていた。

そして、彼女の手が腰に差してある剣の柄《つか》へと伸び、それを握った瞬間——

「何をしようとしてるんです？」

静かな、それでいて咎《とが》めるような口調の声とともに、背後から伸びてきた手が、ネイの剣の柄の先端を押さえ込んだ。

「なっ！　……ヒイロさん……」

驚いて飛び退きながら振り返ったネイの目には、悲しそうにしつつも厳《きび》しい視線をこちらに向けるヒイロの姿が映っていた。

「ネイさん、貴女は……」

「だって！」

ネイに今の行動の真意を問おうとするヒイロの言葉を、ネイの大声が遮る。

「ヒイロさんは優しすぎて、敵すら殺さないじゃないですか！　だったら私が……」

「ネイさん！」

ネイの叫びを、今度はそれよりも大きな声でヒイロが遮る。

「その先の言葉の重みを、貴女は分かっているのですか？　その言葉は、軽々しく口にしていいものではないのですよ」

「どうしてです！　この世界で戦いに身を置く者なら、当然のようにやっていることじゃないですか！」

感情的に叫ぶネイを見て、ヒイロは悲しげにため息を一つつく。

「ネイさん。私は別に、自《みずか》らの身を危険に晒してまで、殺しに来た相手に対して不殺《ころさず》を貫いてくださいとは言いません。ただ、既に気絶している相手を殺そうとするのは違うのではないですか？」

「でも！　こいつを生かしておいたら、また同じことを繰り返すに決まってます！」

「確かにそうかもしれません……ですが、もしかしたら心を入れ替えて人のためになるようなことをするかもしれません」

「そんなこと、ありえるわけないじゃないですか！」

「そうですね、私もそう思います。でも、そんな未来が来る可能性は、ゼロではないんです」

ヒイロの言葉に、ネイは強張った表情で「ありえない」と小さく呟く。それはヒイロの耳にも届いていたが、それでもヒイロは言葉を続ける。

「ネイさん。貴女が今しようとしたことは、そんな可能性もひっくるめて、彼のこの先の人生、未来の全てを奪ってしまうという行為なんです。それがいかに罪深いことなのか、よく考えてください。私はネイさんに、殺すなんて選択肢を簡単に選んでしまうような悲しい思考を、今一度思い直してほしいのです」

ヒイロの話を聞いていくうちに、ネイは「でも……」と言いながら俯いていく。

「私には、簡単に人を殺せるのが強い人間だとは思えません。本当に強い人は、その罪の重さを知った上で、それを背負う覚悟を持つことのできる人なのではないでしょうか。ネイさんは、その重みを本当に理解できていますか？　そして、貴女にこの先、その罪を背負い続ける自信はおありですか？」

ヒイロの問い掛けに、自分がいかに考え無しに軽率《けいそつ》な行動を取ろうとしていたか気付いたネイは、俯いたまま答えない。

そんなネイの姿にヒイロは微笑しながら満足気に頷くと、その視線をナスカリスへ移す。

（さて、ネイさんには偉《えら》そうなことを言いましたけど、彼の標的はネイさんなんですよね……彼が瘴気の恩恵を受けていても勝てたのですから、外に出れば負けることはまず無いと思いますが、それも私がネイさんの側にいることが前提でしょう……）

その未来を思い浮かべて、自然とヒイロの拳に力が入り始める。

（私がこの先、ずっとネイさんについて回るわけにもいきませんし……ここでやっておかないと、ネイさんは一生、彼に付け狙われることになりかねない……偉そうに言っておいて、私に罪を背負う覚悟とそれに耐えられる精神はあるんでしょうか……というよりそれ以前に、そんなことを思う心が今の私にあるんでしょうかねぇ……）

そんなことを思いながら、ヒイロはゆっくりとナスカリスへと近付いていく。その拳は力の入れ過ぎなのか、それともこれから自分が行うことへの恐怖なのか、小刻《こきざ》みに震えていた。

（これで罪悪感すらも覚えないようなら、私は人と触れ合うべきではないですね……山奥で隠遁生活《いんとんせいかつ》でもしておくべきでしょう……）

そこまで覚悟を決めてヒイロは歩みながらゆっくりと拳を振り上げる。

（バーラット達との旅は面白かったんですけどねぇ……）

今までの旅を思い返して悲し気《げ》な表情で微笑むヒイロ。そして、ナスカリスまであと数歩まで迫ったその時――

「何をする気ですかヒイロさん！」

ヒイロの行動に気付いたネイが、慌てて背後からヒイロを背後から羽交《はが》い締《じ》めにする。

「ネイさん⁉　離してください」

「だ、め、で、すぅ！　ヒイロさんは私にあんな話をしておいて、自分がその罪を背負うつもりなんですか！」

「ええ、そうです！　こういうことは先の長い若者よりも、先の短い先達《せんだつ》の仕事なのですよ！」

力ずくで振《ふ》り解《ほど》こうとすれば振り解けたが、ネイに怪我をさせるわけにはいかないと、思うように力を出せないヒイロは力を調整しながら必死に束縛《そくばく》から逃れようとする。

しかしネイも必死で、ヒイロを逃すまいと羽交い締めの体勢からヒイロの首の後ろでガッシリと指を組む。

「そんなの！　ヒイロさんがそんなことをしたら、私以上に気に病《や》みながら生きていくことになるじゃないですか！」

「若者の行く道を示し、取り返しのつかないような局面にぶつかったのなら、その問題を解決する手助けをする。それが先達の矜持《きょうじ》なのですよ！」

「何ですかそれは！　ヒイロさんのプライドのためにそんなことをされたら、私は一生ヒイロさんに引け目を感じ続けなければいけないじゃないですか！」

「ぐぐっ、こんなことなら決着時にトドメを刺しておくべきでした。踏ん切りがすぐにつけられないのが、私の甘いところですねぇ……」

「い、い、か、げ、ん、に……してください！」

「あばばばばばっ……ごふっ！」

暴れるヒイロに業《ごう》を煮《に》やしたネイは、その身に電撃を纏いながら、感電し痙攣するヒイロを後方にブリッジをしつつ投げる。電撃効果が付いたドラゴンスープレックスである。

ヒイロの身体から力が抜けたのを確認して、ネイはヒイロを仰向けに寝かせたまま、その脇に正座してヒイロの顔を覗き込んだ。

「ネイさん……今の技は危険です……」

「ヒイロさんが言うことを聞かないからです」

目を開け、眼前のネイを非難するヒイロに、ネイは言うことを聞かない子供を諭《さと》すような口調で答える。

「いいですかヒイロさん。自分一人が罪をかぶるような自己満足はやめてください。そんなことは周りの皆が望んでませんし、迷惑です」

キッパリとヒイロに言い放つネイ。そんなネイを見上げてヒイロは静かに苦笑する。

「迷惑、ですか……締まりませんねぇ、若者を諭そうとして、逆に諭されるとは……」

「本当です。ついさっきまで敵を殺すなんて何とも思っていなかったのに、その行為をしようとしている仲間を止めることになるとは思ってもいませんでした」

「まったく、若者の成長は早い。そんなことを思ってしまうと老《ふ》け込んでしまいますけどねぇ……」

言いながらヒイロ上半身を起こし、ネイに苦笑いをして見せる。

「ふふっ、ヒイロさんはうちの父と比べたら考え方が十分に若いと思いますけど？」

「父ですか……確かにそんな年齢なんですよねぇ」

穏やかに談笑《だんしょう》する二人。そんな彼等を憎々《にくにく》しげに見つめる者がいた。

「ぐっ……おのれ……妖魔公爵である我をこのような目にあわせおって……絶対に許さぬ！」

意識を取り戻していたナスカリスは、ヒイロ達に気付かれぬように俯《うつぶ》せに倒れたまま、その指先に火球の火力を圧縮《あっしゅく》させ、ビー玉ほどの紅い球体を作り出す。

生成に時間がかかり攻撃範囲も狭いが、間違いなくナスカリスの攻撃手段の中で一番攻撃力が高い技。ナスカリスはそれをヒイロへと向ける。

「我をコケにしたことを後悔しながら死ぬがいい！」

「させるかよ」

自分の技でヒイロが死ぬ様《さま》を想像し嗤っていたナスカリスに、後方から声がかかった。

慌ててナスカリスが振り向こうとするが――

「なっ、がふっ！」

振り向こうとした彼の背中に、銀色の槍が突き立てられた。槍の先端は背中から確実にナスカリスの心臓を貫き、ナスカリスは数度体を震わせ、そのまま息絶《いきた》える。

「「…………」」

ナスカリスの呻き声を聞いて異変に気付いたヒイロとネイは、そちらを見て事の顛末《てんまつ》を知り呆然とする。

「たくっ……やっぱり止《とど》めは刺せなかったのか……」

「ヒイロさんらしいじゃないですか」

ナスカリスの背中から引き抜いた槍を肩に担いだバーラットは、ヒイロ達を見て嘆息する。その脇ではバーラットに肩を貸しながらレミーが笑みを浮かべていた。

「ヒイロさん！　ネイさん！　大丈夫でしたか」

バーラット達の影にいたシルフィーがヒイロ達の下に駆け寄り、二人の怪我の様子などをつぶさに見ようとした。が、最後のネイの一撃が一番効いていたヒイロは問題無いとシルフィーに断りを入れて、バーラット達の下へ歩いてくる。

「バーラット、やってくれましたね」

「何がだ？」

開口一番《かいこういちばん》、恨《うら》み言とともに睨んでくるヒイロに、心当たりのないバーラットはキョトンとしながら言葉を返す。

「せっかくネイさんに人を殺すことの罪の重さを説《と》いていたのに、アッサリとあの妖魔を殺してしまって……」

「あん？　ネイの嬢ちゃんにそんな高説《こうせつ》を説いていたのか」

「そうですよ！」

ヒイロの力強い返答に、バーラットは呆れたような表情を見せる。

「そんなことしないで、ネイの嬢ちゃんに殺させてやればよかったじゃねえか。そうすればネイの嬢ちゃんは悪党を倒したと有頂天《うちょうてん》になれてただろうに」

「それで、歳を重ねた後で思い返して自分の軽薄《けいはく》な行動を悔《く》いろと？」

「人間、歳を重ねれば誰しも悔いることの十や二十は出てくるもんだろ。レッグス達の時は黙って見ていたくせに」

「それが後悔した後に取り返しのつくものなら、私も黙って見守っていましたよ。今回の場合、それが地獄《じごく》への一本道になりかねませんでしたからね」

ヒイロの言葉を受け、バーラットはシルフィーと笑顔で話すネイを見やり、なるほどと納得する。

「まあ、人を簡単に殺せる奴にあんな笑顔はできんわな」

「そうですよ。なのに、バーラットときたら、あんなに簡単に妖魔を殺してしまって……私の言葉に説得力が無くなるじゃないですか」

「俺だって人なら躊躇ぐらいしたさ。だが、あいつは妖魔だろ」

「妖魔でも意思の疎通ができて、外見が人みたいなら人と変わらないではないですか！」

再び憤《いきどお》り始めたヒイロに、バーラットは余計なことを言ってしまったと後悔しながら彼の小言を聞き続けたが、ついに耐えられなくなり辺りをキョロキョロと見回し始める。

「……そういえば、ニーアはどうしたんだ？」

グチグチと続く小言を遮るバーラットの疑問に、ヒイロはハッとなり「そうでした」と慌ててニーアを寝かせていた辺りを振り返った。

ニーアは丁度目を覚まし、上半身を起こして伸びをした後で、自分がびしょ濡れなのに気付き不快そうな顔をしているところだった。

「何でぼく、濡れてるのさ……」

立ち上がったニーアは、胸元の服をつまんで鼻に近付け、薬草独特《どくとく》の匂いに顔をしかめる。そして辺りをキョロキョロと見渡してヒイロを見つけると、その場から凄い勢いでヒイロの下へと飛んで来る。

「ヒイロ！　もしかしてこれやったのヒイロじゃないの！」

「えーと、そのー……ＭＰ不足のニーアにＭＰポーションを飲ませようとしたのですが、サイズ的に難しいところがありまして……」

怒りの表情で詰め寄ってくるニーアに対し、しどろもどろに言《い》い繕《つくろ》うヒイロ。

結果的には飲ませることができなかったが自分を助けるためにした行為だと分かり、ニーアは嘆息しながらもヒイロを許すのだった。

そしてそこでふと、彼女は自分の腕についているリングに気付いた。

「あれ？　これって……」

「ゾンビプラントの戦利品です。ＭＰポーションを飲ませることができなかったので、ＭＰを補給するのに使いました」

「そうなんだ……」

自分を助けるためにワタワタしながら色々と試しているヒイロを容易《ようい》に想像できてしまい、苦笑しながらリングを返そうとして手をかけたニーアを、ヒイロが止める。

「ああ、それはそのままニーアが付けていてください。この先も同じようなことが起こるかもしれませんので」

あんな心配事はもうごめんだと、ヒイロがそう提案すると、ニーアは「そう？　じゃあ、預かっておくよ」とヒイロの厚意《こうい》を素直に受け取ってから、眉をひそめつつ口を開く。

「それで、この不快な匂いをサッサと落としたいんだけど……ヒイロ、お湯を沸《わ》かしてくれない？」

ニーアの頼みにヒイロは頷き、時空間収納から出した桶にウォーターで水を入れ、ホールドバーンでお湯を作る。桶の水では量が少なく、あっという間に沸騰《ふっとう》してしまったが、更にウォーターで温《ぬる》めて適温にしたヒイロは、それをタオルとニーアの着替えとともにレミーに渡す。

レミーはそれを受け取って、ニーアとともに男性陣の目の届かない所へ歩いていった。

「それにしても、元を絶《た》ったというのに瘴気が消えませんね」

一度はルナティックレイによって吹き飛ばされた瘴気が、元に戻り始めているのを見ながらヒイロが呟く。

「瘴気はそう簡単に消えんさ。他の瘴気がある地域と違い、地から湧き出ているわけじゃないからその内消えるだろうが、一体何十年かかることやら……」

「瘴気が完全に無害化されるのには、二十年から三十年かかるらしいですよ」

ヒイロの疑問にバーラットが答えていると、そこにシルフィーとネイが合流し、シルフィーが補足の説明をする。

「二十年から三十年ですか……一度汚染《おせん》されてしまったモノはなかなか元には戻らないということですね……どうせなら、突然変異でそれを浄化《じょうか》する植物でも生まれないものですかねぇ」

「そんな物が生まれれば確かに瘴気を浄化してくれるでしょうけど、条件が厳しそうですよね。それに、そんな森ができてしまったら、一緒にとんでもない蟲《むし》も生まれそうです」

ヒイロの言葉にネイが乗っかり、二人は汚染されてしまった世界の話に花を咲かせ始める。そんな二人についていけないバーラットは、話が通じそうなシルフィーへと向き直った。

「随分と瘴気に詳しいみたいだが、もしかして教会では瘴気を浄化する研究みたいなことをしているのか？」

「はい。今使っているこの対瘴気用の魔法も、その研究の副産物なんです。ただ今のところ、瘴気自体を浄化する方法に関しては全く目処《めど》が立っていないようですね」

「そうか……まあ、瘴気にも利点はあるし無理に消す必要は無いと俺は思うがな」

「利点……ですか？」

「ああ、今のところ、妖魔は瘴気のある場所やその近辺にしかいない。それを消してしまえば、住処《すみか》を失った妖魔がこの世界のどこにでも現れるようになってしまうと思わんか？」

「それは……そうかもしれませんね」

瘴気が必要などとは今まで想像もしたことがなかったシルフィーは、バーラットを驚きの目で見つめる。

「人が悪いものと思っているものでも、それを無理に消してしまえばどこかに歪みが生じるのかもしれんという話だ。自分達に不利益だから消してしまおうという考えは、人間の傲慢《ごうまん》が産むものかもしれんな」

「肝《きも》に、銘《めい》じておきます」

瘴気を浄化する研究をしている教会が傲慢だと言われているような気がしたシルフィーだったが、バーラットの言葉に反論する余地《よち》はなく、重々しく頷いた。

「そういえばぼく、朝起きたらレベルが16も上がってたんだけど！」

瘴気を抜けたところで一晩明かしたヒイロ達は、徒歩で一路《いちろ》港町キワイルに向かっていた。

その道中、朝起きてステータスを確認したニーアはその時の驚きを興奮気味に話し始めた。

「バーラットが自称妖魔公爵さんを倒したから、攻撃していたニーアにも経験値が入ったんですね」

興奮するニーアを頭に乗せ、寝ていてその辺りの事情を知らなかった彼女に、ヒイロが理由を説明する。

「そういえば、私もレベルが二つ上がりました」

「あっ、私も二つ！」

「私も一つ上がりました。戦闘には参加しませんでしたが、皆さんの対瘴気用の魔法を維持していたのが成長に繋がったようです」

レミーの言葉にネイとシルフィーが同調すると、バーラットまで口を開く。

「そういえば俺も一つ上がってたな、レベルアップなんて半年振りくらいだ。あの妖魔達、思いの外レベルが高かったんだな」

バーラットとてレベルアップは嬉しいらしく、口元をニヤケさせる。

全員でホクホク顔をし始めて、一人だけレベルが上がらなかったヒイロはなんとなく肩身が狭い気がした。

(この感じは、元の世界で自分だけ営業成績が低い時に似てますねぇ……何とも居づらい気分です……)

レベルアップ談義《だんぎ》に参加できず、一人トボトボと先頭を歩くヒイロの横に、ネイが並んだ。

「ヒイロさんはレベルアップは……」

「無かったですねぇ」

レベルが上がらなかったとしょぼくれるヒイロを横目に、ネイは以前見たヒイロのステータスが気になり、怒られるのを覚悟で聞いてみることにした。

「……実は、申し訳ないとは思ったんですが、ヒイロさんのステータスを勝手に見させてもらったんですけど……」

ヒイロにしか聞こえないように声のトーンを下げ、申し訳なさそうに話し始めるネイに、ヒイロは目を丸く見開きながら視線を向ける。

「ネイさん、鑑定持ちだったんですか？」

「はい。勝手に見たことは本当に申し訳ありませんでした」

「確かにあまり褒められた行為ではありませんけど、相手の正体を探るには有効な手ではありますよね。私の正体が気になったってところですか？」

「はい……」

「まあ、見てしまったものは仕方ありません……誰にも言わないでくださいね」

「それは勿論！　それで、見させてもらった時に、ヒイロさんのレベルが１２００オーバーだったんですが……アレはやっぱり偽装じゃないんですよね」

上目遣《うわめづか》いで恐る恐るといった感じでありながら、その目には好奇心の光を宿らせるネイに、ヒイロはバレたものは仕方がないと肩を竦める。

「今のところ、ステータスを偽装する技術は無いですねぇ」

「えっ！　じゃあ、あの異様に低い能力値は！　それに、どうやってそんなにレベルを上げたんですか！」

「能力値は、レベルが上がってもほとんど上がらなかったんですよ。それに、レベルが異様に上がったのはとんでもない魔物を倒したからです」

好奇心を刺激され、横から食い気味にグイグイ質問してくるネイに、身体が斜めになるほど引きながらヒイロは答える。

「とんでもない魔物……それを倒したら一気にレベルが上がったんですか？」

「ええ、アレはもはや拷問《ごうもん》の域でしたねぇ。頭の中に延々《えんえん》とレベルアップの報告が……ウンザリしすぎてレベルアップの喜びなんてあったものではありませんでした」

「それじゃあ、やっぱりヒイロさんのステータスに偽装はないんですね！　じゃあ、ヒイロさんの強さの秘密はスキルの力ってことですか？」

「それは……今度ゆっくり話しましょうか」

質問責《ぜ》めははっきり言ってあまり歓迎できるものではなかったが、それでも若い者に興味を持たれるのはおっさんとして悪い気はしない。

ヒイロは嬉しそうに、魔族の集落での武勇伝などを語って聞かせた。

そんなヒイロとネイの背後を少し離れて歩きながら、バーラットはため息を一つつき徐《おもむ》ろに葉巻を出して咥える。その隣にはシルフィーとレミーが並んで歩いていた。

興奮してすっかり声が大きくなってしまっているネイの話は、この三人に思いっきり筒《つつ》抜《ぬ》けである。

「なあ、シルフィー嬢」

「何でしょう、バーラットさん」

「今、聞いてることは……」

「依頼とはいえ、ヒイロさんには魔道具を破壊してもらった恩がありますから……それに、ヒイロさんの規格外《きかくがい》ぶりはあの戦いを見れば明らかでしたしね。ですから、今聞いていることはわたしの胸にしまっておきます」

「……助かる」

一言礼を言い、バーラットは懐から取り出した人差し指ほどの長さの黒い石に魔力を込める。魔力を注がれた石は先端に炎を生み出し、バーラットはそれで葉巻に火をつけると、煙を吸い込み口に含む。

(これで、割に合わない分の値上げ交渉はできなくなったな……)

その背中に哀愁《あいしゅう》を漂わせながら、バーラットは勢いよく煙を吐き出した。

第17話　今度こそ首都に向けて

妖魔との戦いから二日が経った。

妖魔との戦いと、その後の疲れが取れづらい野営。更に、翌日の朝からのほぼ休み無しの強行軍により、ヒイロ達一行は日付が変わる頃にキワイルの街に到着すると、そのまま重く感じる身体を引きずって宿屋に直行し、一晩、泥のように眠った。

そしてその翌朝。

部屋に入って鎧を脱ぎ捨てすぐにベッドに倒れこんでしまっていたネイは、閉じ忘れたカーテンの窓から降り注いだ朝日で強制的に目を覚まさせられた。それに抵抗してベッドでゴロゴロと陽射しから逃げ回りながらまどろんでいたが、ついに降参してその上半身を起こす。

半覚醒《はんかくせい》の状態のままで顔を洗おうと部屋を出て階段を降り、宿屋の裏庭にある井戸に向かっていた。

「ふ、あぁぁぁ……」

まだ覚醒しきれない頭でボーとしつつ、欠伸《あくび》で開けた大口を手で隠しながらネイは裏庭へと続く扉を開ける。

そこで目に入ったのは、爽やかな朝の陽射しの中、井戸の傍にしゃがみ込む一人の男の後ろ姿だった。

（……ん？　……あれは、ヒイロさん？）

「おはようございます。早いですねヒイロさん」

「ん？　その声はネイさんですか？　おはようございます」

「ひぃっ！」

先客の後ろ姿に見覚えがあったネイは、微笑みながら声をかけた。ところが、その声に答えて座ったまま振り返ったヒイロを見た途端、眠気などぶっ飛び、目を見開き短い悲鳴を上げてしまった。

「どっ……どうしたんですかヒイロさん！」

驚きの表情で固まるネイの視線の先には、顔の下半分を血だらけにしながら、刃渡り十センチほどの小刀を持ってニコニコと微笑むヒイロの姿があったのだ。

ヒイロは怯えるネイに手に持つ小刀を掲げて見せて「ああ、これですか？」と答える。

「髭《ひげ》を剃《そ》ってるんですけど、不器用な上に鏡が若干歪んでいるもので、いつも傷だらけになってしまうんですよね」

血塗《ちまみ》れで笑顔を向けてくるヒイロに引き攣った笑みを返しつつ、ネイが彼の奥の方に目を向ければ、確かに井戸の縁に鏡が立て掛けてあった。

この世界の鏡は、製造技術の未熟さから、ほとんどの物が綺麗に映らず歪んでしまう。逆に、腕の良い職人がたまに生み出す綺麗に映る鏡は、王族や貴族向けの高級品として扱われているために、普通の雑貨屋などでは売っていなかった。

「せめて、鏡がマトモならもうちょっと傷が減ると思うんですけどねぇ……痛っ！」

言いながら髭剃りに戻ったヒイロはまた、頬を切ってしまって痛そうに顔を歪める。

「朝から心臓に悪いですよ」

「魔物からの攻撃ならこんなに簡単に怪我をしないんですけどねぇ。髭剃りの時はアッサリと切れてしまうんです」

「……それって、自分で自分を攻撃している判定が出てるんじゃないですか？」

「へっ？」

ネイの言葉にヒイロは間抜《まぬ》けな声を出しながら振り返り、しばし固まる。そして、少し間を空《あ》けて「ややっ！」と驚きの声を上げた。

「確かにステータスを確認したらＨＰが少し減ってました……」

「……やっぱり自分で攻撃してるんじゃないですか」

「う〜ん、シェーバーとまでは言いませんが、せめてＴ字剃刀《じかみそり》くらい欲しいですねぇ」

ヒイロは苦笑いを浮かべながらパーフェクトヒールを唱え、傷を癒した後で足元に置いていた桶の水で血を洗い流すように顔を洗う。

「……ヒイロさん、毎日そんなヒゲの剃り方をしてるんですか?」

世界最高峰の回復魔法を髭剃りの傷を癒すために使うヒイロに、ネイは呆れたような視線を向ける。

「髭剃りはご覧の通り大変な作業になりますので、三日に一回くらいにしてるんですけどね」

「それでも、毎回パーフェクトヒールで傷を治しているんですよね。ヒールは覚えられないんですか?」

顔を洗い終わり、立ち上がって場所を譲ったヒイロと入れ替わるようにネイがしゃがみ込むと、薄く赤色になった桶の水を見て頬を引き攣らせた。

「ややっ! すみません……それが、私の中で回復魔法イコールパーフェクトヒールという感覚が身に付いてしまっているのか、いくら想像しても劣化版《れつかばん》が覚えられないんですよ」

ネイの様子に気付き、申し訳なさそうに桶の水を捨てウォーターで新しい水を溜めながら、ヒイロは困ったものですと肩を竦める。

「大体、ヒイロさんの貰ったスキルってどんなものなんです?」

桶の水で顔を洗った後、ヒイロからタオルがわりの布を受け取ったネイ。彼女は顔を拭きながら、帰りの道中で皆の手前詳しく聞けなかった内容を突っ込んで聞いたが、ヒイロはどう説明したものかと顎に手を当てる。

「う〜ん、何と説明すればいいのか……というより、ネイさんはどんなスキルを貰ったんですか？」

　説明に困ったヒイロがネイのスキルはどんなものなのかと逆に聞く。すると、確かに自分だけ言わないのはフェアじゃないと、ネイは自分の持つスキルを正直《しょうじき》に話し始めた。

「ほほぅ、全てを鑑定する【森羅万象の理】に超速移動の【縮地】、それに【雷帝】ですか……鑑定に移動系、攻撃と防御に使えるスキルとは、随分とバランスのいいスキルを貰いましたね……」

　うん、うんと頷いているヒイロだったが、それに対応するネイは笑顔のまま、その目に好奇の色を浮かべていく。

「で、ヒイロさんのスキルはどんなものなんですか？」

　ワクワクしている感情を隠しもしないネイの質問に、ヒイロは顎に手を当てて首を捻った。

「う〜ん、なんと説明していいのやら……一つは【全魔法創造】といって、私の想像を魔法として具現化《ぐげんか》してくれるスキルなんですが……」

「具現化？　随分とフワッとしてますね……気とか念みたいなエネルギーで物体を作るよ

うな感じですか？」

「いいえ、そんな何も無いところに物理的な物体を生み出すようなモノではなくて……」

「では、等価交換？」

「それも違います。そうではなくて、私が想像した魔法を【全魔法創造】さんが生み出してくれるんです」

「……！　もしかして、この間のルナティッククレイもそれで？」

「ええ、思い浮かべたら【全魔法創造】さんが作ってくれました」

いまいちピンときていなかったネイは、あの破壊力の魔法を即席で作ったと聞いて、唖然としながらヒイロを見る。

「……ありえない……なんですかそのとんでもないスキルは！　……でも、だとしたらあの信じられないほどの身体能力はそのスキルの力じゃないですよね……」

「ええ、身体能力が高いのは【超越者】さんのお陰です」

ヒイロの口から出た、名前だけでも並じゃないと感じさせるスキルに、ネイは身体を震わせながら恐る恐る聞いてみる。

「それって……どんな効果があるんですか？」

「レベルの１００倍の数値を能力値に加算してくれるというスキルなんですけど、意識が体の性能に追い付かないというか……20パーセント以上に上げると、思うように身体が動かせなくなっちゃうんですよね」

困ったものですと陽気に笑うヒイロを尻目に、ネイはその恐ろしい効果を聞いて頭が混乱していた。

（レベルの100倍!?　……確か、ヒイロさんのレベルって1200オーバーだったよね。単純に全ての能力値が12000以上あるってこと？　それも、パーセントとか言ってるってことは力の調整が可能なの？　……でも、20パーセント以上はコントロールが利かないって言ってたし……って、それでも24000以上じゃない！　勇者平均の二倍以上って、どういうことよ！）

予想以上のスキル効果を聞いてネイは愕然となりながらも、スキルがもう一つある筈だということに気付く。

「ヒイロさん……貰ったスキルはあと一つありましたよね……」

「ええ、確かにもう一つ貰ってましたが、【一撃必殺】という使い捨てのスキルで、もう使っちゃったんですよね」

「使い捨て？　使った？」

「はい。どんな敵も一撃で殺せるっていう、とても物騒《ぶっそう》なスキルだったんですが。この世界に来てすぐにエンペラーレイクサーペントというトンデモ魔物に呑み込まれてしまいまして、その胃袋から脱出するために使わせていただきました」

「エンペラー⁉　殺しちゃったんですか！　まさか、レベルが1000上がったとんでもない魔物って……」

「ええ、エンペラーレイクサーペントです」

事も無げに話すヒイロの話の内容に、ネイはめまいを覚えて頭を押さえる。

（エンペラーって確か、神と信仰する者もいるという、人では絶対に殺せない化け物って話だったよね……それを殺した？　嘘でしょ……）

頭を抱えながらネイがチラッとヒイロを盗み見ると、彼は無害そうな笑みを浮かべてネイを見つめていた。

その姿はとてもエンペラー殺しをやってのけた者には見えなかったが、嘘をついている風にも見えない。そもそも嘘をつく理由もない上に、証拠である1200を超えるレベルのステータスを直に見ているネイは、本当の話であると確信する。

（ハハッ……このおじさんには勝てないや……せめてもの救いは、ヒイロさんがあの子やゲーマー達みたいに性格が歪んでないことね）

自分の力が及ばないようなとんでもない力を持つ者は、そこにいるだけで周りにいる者にとっては脅威でしかない。何故ならその者の発言に対し、それが自分の意に反していても反論する余地を与えられない可能性があるからだ。

もしそんな存在が常に側にいれば、周りの者は常にその存在の動向に気を配《くば》る羽目になり、気の休まる暇は無くなるだろう。

それを他の勇者達とともにいた時に痛感していたネイの目には一瞬、ヒイロの存在がとんでもない脅威に映った。だがそれでも、短い時間一緒にいただけで、ヒイロならそんな独裁的《どくさいてき》なことはしないのではないかと前向きな確信を得ていた。

（うん。ヒイロさんとの出会いはきっと僥倖《ぎょうこう》よね）

自分の話を聞いたネイが頭を抱えているのを見て、ヒイロは『バーラットに話した時とリアクションが同じですねぇ。やっぱりこの話はしなかった方がよかったでしょうか』と心配になる。しかしやがて、ネイが笑みを浮かべてヒイロに向き直ったのを見てホッと胸を撫で下ろした。

そしてそれと同時に、気掛かりになっていたことを他の耳が無い今の内に聞いておこうと口を開いた。

「ところで、他の勇者の方々はどうしているんです？　神様からは十人くらいいると聞いていたのですが」

「あー……彼等ですか」

ヒイロの問い掛けに、ネイはあからさまに顔を歪める。その彼女の様子に、ヒイロは胸《むな》騒《さわ》ぎを覚えた。

「まさか……既に皆さん魔族に……」

「いえ、殺《や》られてはいませんよ。ただ……」

最悪の想定にはなっていないことにホッと胸を撫で下ろすヒイロだったが、続けてネイの口から出てきた勇者達の情報に、その眉を段々としかめていく。

「一見は純情《じゅんじょう》そうに見えるけどその実、腹の中に黒いモノが見え隠れする男の子と、その信者と化した三人。効率重視で他人を蔑ろにするゲーマーの三人組。自分勝手に生きたいという欲望を隠しもしないチンピラ二人組という、とても勇者とは呼びたくもない九人なんです。私も一緒にいるのがしんどくって、チャンスが来たから彼等から逃げてきたんです」

勇者達の内情を聞き終わり、ヒイロは眉をしかめたまま嘆息した。

「……まぁ、私も選ばれてる時点で性格や能力は反映していない選出だとは思いましたが、そうですか……そこまで性格に偏《かたよ》りのある方々が集まっているのですか。最終的には他の勇者と合流しようと考えていたのですが……」

「それはやめておいた方がいいです。ヒイロさんの性格では、彼等にいいように使われるのが目に見えてます。私もそれが嫌で、自分のスキルの本質は隠し通していましたから」

ネイにハッキリと言われ、ヒイロは苦笑いをしながら頭を掻く。

「う〜ん、万年平社員だった私としては、人に使われるという現実を否定しきれませんねぇ。ところで、その勇者達の能力はどんな感じなんですか？　ネイさんのことだから、鑑定はしてみたのでしょう？」

「それが、男の子の信者にスキルの使用を感知する人がいて、バレるのが怖くて試してないんです。その人は他にも、魔力や気配なんかも感知してましたから、そういうスキルだとは思うのですが……」

「ふむ、感知や察知を複合したスキルですかねぇ、それは厄介そうです。では、それ以外の能力については分からないと？」

「一つだけ……腹黒の男の子が、ショートソードを水平に振るった延長線上の敵を、辺りにあった木ごと扇型《おうぎがた》に切り倒しているのを見たことがあります。多分、他の勇者に自分の力を見せつけるためにやったんだと思うんですけど、タメも無しに木や金属の鎧を着た敵をアッサリと輪切《わぎ》りにしてしまって、他の勇者も唖然としてました」

「ハハハ……マンガなんかではよくある表現ですが、実際にやられると確かに脅威ですよね」

顔を引き攣らせつつ乾いた笑いを喉から出すヒイロに、ネイも渋面を作りながら頷く。

「ええ、剣を軽く振っただけで、離れていても殺せるというのはかなり恐怖を煽《あお》られました。男の子はショートソードを振るう時にエクスカリバーと呟いてましたが……」

「聖剣ですか？　確かに何でも切り裂けそうです」

「超有名な伝説の剣ですものねぇ……」

もし、勇者達がその力に溺《おぼ》れて暴走《ぼうそう》し始めたら……もしかしたら自分はその抑止力《よくしりょく》として他の勇者と離れた場所に落とされたのかもしれないと、創造神の単なる手違いを深読《ふかよ》みしつつ、ヒイロはそんな未来は来て欲しくないなぁと切《せつ》に願うのであった。

そんなヒイロに向けるネイの表情に陰りが見え、彼は眉をひそめる。

「どうか……したんですか？」

「えっ？　……ああ、私のネイって偽名のことで。転移先の国の冒険者ギルドで仲良くなったギルドマスターにギルドリングを作ってもらった時、本当の名前だと目立つと思って咄嗟に付けてもらった名前なんですけど……」

心配事が顔に出ていたのだなと気付いたネイがため息混じりに話し始め、ヒイロは眉をひそめたまま静かに聞く。

「自国で変えてますから、もし私に追っ手がかかったら、この偽名もバレるんじゃないかと」

他の勇者達のことを思い出し、もうあそこには戻りたくないと不安要素を口にするネイに、ヒイロはその心情を察して親身《しんみ》になって悩む。

「ふむ……名前を変えられればいいんですけど……そもそも、ギルドリングの情報って、登録時以外でも変えられるものなんですか？」

「そのギルドマスターの話では、可能って話ですけど」

ネイの返事に、それならばとヒイロは提案した。

「コーリの街の冒険者ギルドとは、バーラットがかなり懇意《こんい》にしてますから、もしネイさんが希望するのでしたら名前を変更できるかもしれません。私のギルドリングもかなり融通《ゆうずう》を利かせてもらいましたから」

「本当ですか！」

「え、ええ、バーラットが帰ってきたら聞いてみてください。ただし、私達はこれからこの国の首都に行く予定ですから、コーリに戻るとしたらその後になりますけど」

思いつめた顔で詰め寄ってくるネイにヒイロが引き気味に答えると、ネイはニコッと笑みを漏らす。

「かまいません。どうせ行く当ても目的もありませんから、ご一緒させてください」

「……私は別に構いませんが、一応、それもバーラットの了承を得てみてください」

「分かりました！」

ヒイロの言葉に改名問題の解決策と旅の仲間を得て、喜び跳ねるネイ。しかしそこで、ふとあることを思い出しその動きを止めて真顔でヒイロに向き直る。

「そういえば、ヒイロさんのステータスって名前がカタカナ表記でヒイロとなってましたけど、アレって本名じゃないですよね」

「……そういえばそうですね……この世界の人にヒイロと名乗った時点でステータスの名

前が変わったので、そういうものだと思っていましたが……違うのですか？」

「そんな訳ないですよ。私はネイと名乗っていても、ステータスの名前は漢字表記で橘翔子のままですもの」

ネイにそう言われヒイロは頭を悩ませるも、創造神の悪ふざけで名前が変わったという真相など分かる筈もなく、答えの出ない疑問にいつまでも首を傾げていた。

「そうだ、先程バーラットさんが帰ってきたらと言ってましたが、バーラットさん達は出かけてるんですか？」

いつまでも頭をひねっているヒイロに、答えは出なさそうだと見切りをつけたネイは、話題を変えるべく、ヒイロに他の仲間の所在を聞いてみた。

「……ああ、バーラットとレミーさんなら、朝早くから報奨金を受け取りに行きました」

ネイの疑問に、思考の世界から戻ってきたヒイロが答えると、ネイは首を傾げる。

「報奨金？」

「ええ、コーリからここにくる途中で山賊を退治したので、その報奨金ですよ」

「……もしかして、洞窟を寝ぐらにしていた山賊ですか？」

ネイの言葉にヒイロはハッとなる。

（そういえば、寝ぐらにいた山賊を伸《の》したのはネイさんでしたね……）

笑顔を崩しはしなかったものの、冷や汗が出始めたヒイロの様子に、大体の事情を察知したネイはニッコリと、見方によっては意地の悪い笑みをしてみせる。

「まぁ、その報奨金は私がパーティに入る為の支度金《したくきん》と考えておきますよ。山賊に報奨金がかかってるなんて知らなかった私も悪かったんですし」

「そう……ですね。報奨金も結局パーティのために使うんですからね」

二人はハッハッハッと白々《しらじら》しい笑い声を上げ、その話はそれでお開きになった。


「おや、バーラット達が帰ってきたようですね」

文字通り井戸端会議《いどばたかいぎ》を行なっていたヒイロとネイが、宿の一階の食堂へと移動し遅めの朝食を取っていると、バーラットとレミーが外から入ってくる。

バーラット達は、テーブルに座るヒイロ達を見つけて足早に近付いてきた。その顔に浮かんでいるのは、収入があった筈にもかかわらず浮かない表情で、ヒイロは小首を傾げる。

元々、今回の報酬なんか端金《はしたがね》レベルのバーラットはまだしも、収入がある度にホクホク顔をしていたレミーすらも浮かない顔をしているなどありえないことだ。もしかして報奨金が貰えなかったのかとヒイロは心配になった。

「御苦労様でしたバーラット。それで、報奨金の方はどうでした？」

「おう、そっちの方は問題無く。山賊の報奨金と、ついでにシルフィー嬢からも報酬を貰ってきた」

「そっちの方は？」

早足で近付いてきた割には席にもつかず、浮かない表情のまま突っ立っているバーラットとレミーに、ヒイロは眉をひそめる。

「ああ、ちと厄介なことがあってな」

「……厄介なこととは？」

声をひそめるバーラットに対し、ヒイロはその口調に嫌な予感を感じる。

「実は報奨金を受け取った後で冒険者ギルドに寄ってきたんだが、ヒイロ……お前が使った戦略級魔法、目撃者がいたぞ」

「……はい？」

ヒイロが魔法を使ったのは瘴気の中。周りにいたのは妖魔や魔物のみで人間はヒイロ達のパーティメンバーしかいなかった筈である。

それなのに目撃者とは一体どういうことなのかとヒイロが顎に手を当てると、そんな彼にバーラットはため息を一つついてから口を開いた。

「爆発の規模がデカすぎたんだよ。瘴気の中心辺りで、昼のように眩《まぶ》しい光とその後に辺りを襲った突風があったと、昨日の夜に慌てて冒険者ギルドに報告した冒険者がいたらしい。もしかすると、まだ街には到着していないだけで、目撃した商人なんかもいるかもしれない」

「……つまり、私があの魔法を撃ったところは見られてないわけですね。だったら素知《そし》らぬ顔をしていればバレないのでは？」

それが深刻《しんこく》な問題とは思えないヒイロの持論に、バーラットは手でこめかみを押さえる。

「あのなぁ……シルフィー嬢は瘴気内部の探索をするのに冒険者を雇うために冒険者ギルドを訪れているんだぞ。勿論、その仕事内容も正直に話してる。そして、その直後に瘴気内で謎《なぞ》の爆発だ、その関連性はバカでも気付くだろ。現に俺は冒険者ギルドで、教会の司祭と一緒にこの街を出た者を見なかったかと聞かれたよ」

「……それは……」

ヒイロ達はここを出発する時に、教会が準備した教会の紋章《もんしょう》入りの馬車に乗っている。それは農家や普通の商人が持つ馬車よりも立派な作りで、それだけ人の目を引いていた筈だとヒイロは気付き、余裕で浮かべていた笑みを引き攣らせる。

「やっと事の重大性に気付いたか？　目撃者が名乗り出る前にさっさとこの街を出ないと、あの爆発は何だったのかとギルドから尋問されるハメになるぞ」

「それは……勘弁願いたいですねぇ。ですが、目撃者がいるのなら逃げてもいつかはバレるのでは？」

「なあに、ほとぼりが冷めるまでここから離れてばいいんだ、時間が経てば目撃者の記憶も曖昧《あいまい》になる」

ニヤリと笑ってみせるバーラットに、ヒイロは引き攣らせた頬を更にヒクつかせる。

「……確信犯ですねぇ。慣れてるようですが、バーラット……まさか！」

「俺に前科はねぇよ。バカなことを言ってないでさっさと準備をしろ！」

やってはいないとは言わないバーラットに急かされ、一同は一斉に部屋に荷物を取りに二階へと向かう。その階段途中で一緒に慌てるネイを見て、バーラットは眉をひそめた。

「おい、ネイの嬢ちゃん。何でお前さんまで？」

「あっ、言ってなかったんですけど、私も皆さんと同行しようと思いまして……」

バーラットに問われ、申し訳なさそうに苦笑いを浮かべるネイに、バーラットは同じく苦笑いで答える。

「……まあ、なんとなくそういうことになるとは思ってはいたが……シルフィー嬢からは、これから教会本部に戻るのにネイの嬢ちゃんにまた護衛を頼みたいから聞いてみてくれと言われてたのだがな」

「あー……どっちにしろ、私は北に行くのが目的でしたから、大陸の中央にある教会本部に戻るのは勘弁でしたね」

「なるほど……だったら宿屋のオヤジに伝言しとけ。恐らくシルフィー嬢はこの街を出る前にここに寄るだろうからな」

ネイはバーラットにそう言われコクリと頷くも、階段を上りきったところで一つ疑問が湧き、その歩みを緩めた。

「そういえば、シルフィーさんがギルドから事情を聞かれたら、すぐにバレちゃうんじゃないですか？」

「その心配はねぇよ。冒険者ギルドもバカじゃない、回復持ちを冒険者に都合している教会の司祭相手に強くは出れんだろうからな、やれたとしても軽く事情を聞くくらいだ。そして契約上、シルフィー嬢は知らぬ存ぜぬを通すだろうさ」

自分達の心配というより、自分達がいなくなることでシルフィーに迷惑を掛けるのではないかと心配していたネイだったが、バーラットの推測にネイはホッと胸を撫で下ろす。

二人の会話を聞いていたヒイロも、シルフィーへの迷惑とネイが無事パーティ入りしたことに胸を撫で下ろし、笑みを浮かべながら自室のドアを開ける。

実際、ヒイロは荷物の全てを日頃から時空間収納に入れているため、部屋に置いてある荷物は存在しない。では、彼が何のために部屋に戻ったのか、その答えは……

「……ぐぅ……」

「ニーア！　起きてください」

ヒイロの部屋。その机の上に置かれている、竹で編《あ》まれたバスケットに向かってヒイロは叫ぶ。

バスケットの中には、魔族の集落の特産品である虹色蚕《にじいろかいこ》の糸で作られた肌触《はだざわ》りのよいシルクにくるまり、とても幸せそうに眠るニーアの姿があった。

ニーアはヒイロに声をかけられ、モゾモゾとバスケットの中で体勢を整えた後、ゆっくりとその上半身を起こす。

「フ……ァァァァ……おはよう、ヒイロ」

大きなあくびをした後、目をこすりボケッとした顔でヒイロを確認すると、ニーアは手を上げてヒイロに挨拶した。

「おはようございます……って、のんびり挨拶をしている暇はないんでした！　ニーア、すぐに出発しますよ」

「……へっ？　ぼく、まだ寝間着《ねまき》なんだけど……」

「着替えなら移動しながらしてください！」

バスケットの取っ手を持って持ち上げるヒイロ。それに対してパジャマ姿のニーアは抗議するが、ヒイロは有無を言わさずバスケットを小脇に抱えて部屋を出る。

一般に、冒険者は普段から持ち運びしやすいように荷物をバッグなどにまとめている。特にヒイロ達は、ニーアとネイ以外はマジックバッグ持ちなので、荷物をまとめる必要すらない。

ヒイロが廊下に出ると、次々と仲間達が部屋から出てくる。そして、最後にネイが部屋から出てくると一同はコクリと頷き合い、バタバタと階段を駆け下りたのだった。

その道中、一人状況が理解できていないニーアは、ヒイロのバスケットの中で『このまま運んでくれるんなら、まっ、いっか』と、再び微睡《まどろ》みの中へ入っていった。

閑話《かんわ》　勇者の作戦と創造神の暇潰《ひまつぶ》し

「おいっ！　何だこいつら！　昨日までとまるで違うじゃねぇか！」

「これは……アンデッド？　いえ、精神操作か何かを受けている？」

ガラの悪い二人組のうち、リーダー格の男の悲鳴にも似た怒声《どせい》に、ゲーマーチームのリーダーはいつもとは違うゴブリンの様子を観察し、眉をひそめた。

「このゴブリン達、首の後ろに変なのを付けているけど、これが強さの秘密かな？」

二刀流のショートソードを振るいながら、いつものゴブリンとの相違点《そういてん》を見つけた、ネイ曰《いわ》く腹黒の男の子。彼の言葉に、地面に転がっているゴブリンの死体にも同じものを見たゲーマーチームのリーダーは、クイッと眼鏡《めがね》のズレを直しながらまじまじとそれを見る。

「憑依《ひょうい》されてる？　……魔法生物か何かでしょうか？　これを大量に生み出すことができるとしたら、ゴブリンの繁殖力と相まってとんでもない軍団を作られてしまいますね……特に恐ろしいのは、強さ的に三ランクは上がっているのに、経験値やドロップアイテムがいつものゴブリンと変わらないという点です。ただでさえ経験値の少ないゴブリンなのに、経験値据え置きで強さだけを強化されては、ゲームバランスがあまりにも酷い」

ゴブリンエンペラーを倒すために、ゲーマーチームの力を温存させながらその下へ送り届けるという作戦を遂行《すいこう》していた勇者一同。彼等はその道中の森の中で、切ろうが突こうが絶命《ぜつめい》するまで狂ったように戦い続けるゴブリンの集団の襲撃《しゅうげき》を受けて一歩も進めなくなり、徐々に周りを包囲されつつあった。

特に先頭を任されていたガラの悪い二人組の消耗は激しく、時折かけられるゲーマーチームからの回復魔法をもってしても、徐々にHPが減り始めていた。

「こいつら、パワーもスピードもただのゴブリンの範疇《はんちゅう》を逸脱《いつだつ》してるぞ！　クソッ！　HPの減りが尋常じゃねぇ、能書《のうが》きはいいから早く回復しやがれ！」

ガラの悪い二人組の片割れが、襲いくるゴブリンの集団を戦斧で薙《な》ぎ払《はら》いながらゲーマーチームに向かって叫ぶ。

「待ってください。エクストラヒールは回復量が多い分、詠唱時間も長いんです。詠唱が完成するまで、ポーションで凌《しの》いでください」

「ポーションっつったって、こんな状態で飲む暇なんかあるわけねぇだろ！　……うっ！ひぃっ！」

「武彦《たけひこ》ぉぉっ！」

ゲーマーチームに文句を言っている隙を突かれ、ガラの悪い二人組みの片割れ——武彦はゴブリンに肩車を反対にしたような形で正面から飛び付かれる。視界を奪われパニックになりながら、戦斧を手放して両手でゴブリンを引き離そうと試みたものの、攻撃手段を手放したことでゴブリン達の一番の標的となってしまった。

「くそっ武彦！　早くその雑魚を引《ひ》っ剥《ば》がせ！」

大剣を振り回し武彦に群がってくるゴブリンを必死に薙ぎ払いながら、ガラの悪い二人組のリーダー格の男、加藤智也《かとうともや》は苛立ちながら叫ぶ。しかし、純粋な力では勝《まさ》っていても、手足でしがみつく力と手だけで押す力ではどうしてもしがみつく力の方が強く、武彦は外れないゴブリンを押しながら悲鳴を上げる。

「くそっ……くそっ……外れねぇ！　智也、手伝って……ぐはっ、いてぇ！」

半狂乱《はんきょうらん》になり、身体を左右に振りながらゴブリンを剥がそうとしていた武彦の無防備な腹部に、錆びついた斧の一撃が食い込んだ。

この世界に来て初めて味わった激痛に武彦が堪《たま》らずに倒れ込むと、そこにゴブリン達が次々に群がり、武彦の姿はあっという間に見えなくなる。

「うわっ！　やめろ！　ふざけんな！　智也、助け……」

ゴブリンでできた小山の奥から聞こえてくる武彦の声が、徐々に力無いものに変わっていく。智也は自分にも群がってくるゴブリン達のために助けに行けず、焦りながらゲーマーチームへと声を張り上げた。

「おいっ！　武彦が死んじまう！　早く回復しろ！」

「本人が見えなければ回復魔法は届きません！　それに、武彦さんが倒れたためにこっちにもゴブリン達が来始めてるんです。くそっ！　何で俺達がゴミ経験値しか入らないゴブリンの相手をしなければいけないんだ」

ゴブリンの煩わしさから本音《ほんね》を漏らすゲーマーチームに武彦を助けようとする気概は窺えず、智也は苛立ちを覚えた。

「お前ら！　人が一人死にかけてるんだぞ！　何でそんなに平然としてんだ！」

「貴方こそ、何でそんなに熱くなっているんですか？　どうせこの世界で死んでも、元の世界に戻るだけですよ」

「そんな保証がどこにあるんだよ！」

「それが常識なんですよ。いい加減、この世界の常識を覚えてください」

「くっ！」

こいつらには何を言っても無駄だと感じた智也は、ダメージ覚悟で武彦を助けようとゴブリンの山に目を向ける。

丁度その時、ゴブリンの山が崩れ、身体中をボロボロにされ恐怖の表情のまま動かなくなった武彦の姿が現れた。

「武彦ー‼」

「初の戦死者ですか……殺された相手がゴブリンでは、彼も無念でしょうね」

「くっ！　お前らー！」

「ねぇ、このままじゃ囲まれてこちらの被害が増えそうだし、今日は引きません？」

ゲーマーチームに食ってかかろうとする智也を制するように、今までゴブリンを倒しながら仲間の様子を静観《せいかん》していた男の子が口を開く。

「そうですね。ゴブリンごとき相手に撤退するのは屈辱《くつじょく》ですが、仕方がありません」

たった今、仲間が一人死んだのに特に特別な感情を見せない男の子と、冷静に彼の提案に乗るゲーマーチームのリーダー。怒りの矛先を止められた形になった智也だったが、ここで言い争《あらそ》いを続けていても身の危険が増えるだけなのは理解していた。

（くそっ！　こんな奴等とは付き合いきれねぇ……）

相棒が死んだ怒りで、強く握った拳を震わせる智也。しかし同時に、男の子のチームやゲーマーチームと行動を一緒にしていては、自分もその内、武彦の後を追うことになるのではないかと思い始めていた。


真っ白な空間に、勇者達を異世界に送り出した創造神の声が響いていた。

「うん、そう……一応、地球の神との約束だからね、君には地球の輪廻《りんね》の輪に入ってもらうよ。うん？　生き返らせろ？　ハハハ、そんなの無理だよ。死んだ人間を生き返らせるなんて特例、神として認めるわけにはいかないんだ」

「――――――――」

「えー、転生するなら日本がいいの？　日本は今、少子化《しょうしか》が酷いから順番待ちが長いよ」

「――――！　――――――！」

「えー……勝手に連れてきたんだから融通を利かせろって、僕はあくまでこの世界の創造神なんだから、地球でそんな権限《けんげん》なんかあるわけないじゃん。そんなことは地球の神に言ってよ。じゃ、そういうことだから送るね。バイバーイ」

強引に話が打ち切られたその時、先ほどまでとはまた違う声が響く。

「今のは、もしかして死んだ勇者ですか？」

「うん。僕の世界で不自由しないように色々と加護を付けてあげたのに、死んだら生き返らせろとか、それが無理なら転生先まで世話しろなんて、ほんと図々《ずうずう》しいよね」

「先程、地球の神様に進言するように言ってましたが、輪廻の輪に入ってしまうと、記憶や意思などは消えてしまいますよね……」

「アッハハ、地球の神の下に送るより、その方が面倒くさくなくていいでしょ。ところで……」

創造神の少年はそこまで言うと、くるりと振り向く。

「ルナ、君がここに来るなんて珍しいね。何かあったの？」

少年の視線の先には、金髪に金色の瞳をした、白いドレスを着た女性が立っていた。

彼女の名はルナ。創造神たる少年がこの世界の維持をさせるために生み出した神族の中で、月の管理を任された女性である。

少年の生み出した神族は、いつもは下界に降りている。

彼女もその例に漏れず、自身の分体である月を住処としており、少年しか存在しないこの神界には滅多に足を踏み入れることはなかった。

それが今回珍しく姿を現したことで、少年は何か変わったことが起きたのかとワクワクしながらその視線をルナに向けた。

「実は、私の分体である月の魔力を個人で集めている者がおりまして……」

「えっ！　そんなことしてるやつがいるの？　あの、瘴気を作ってる魔道具じゃなくて？」

「はい。その魔道具の件もありますから、また、月の魔力を悪用する者が出てきたのではないかと心配になったもので、創造神様にその原因を見てもらおうかと思いまして」

「ふ～ん……ここ二、三日は若い勇者達の行動ばかり見てたから気付かなかったよ。どれどれ……って、あのおっさんじゃないか！　……アッハハ、また、【全魔法創造】でとんでもない魔法を作ったもんだね」

無邪気に笑う創造神の傍から、創造神が見ていた下界の様子を覗き見たルナの顔が青ざめる。

ルナの視線の先では、丁度、ヒイロが月の分身のような魔力の塊を生み出していたところだった。

「なっ！　何ですか、あの膨大《ぼうだい》な魔力の塊は！　個人であれほどの破壊の力を宿した魔力の塊を生み出すなど、あってはならないことじゃないですか！　創造神様、これは笑い事ではありませんよ！」

慌てるルナと、ルナに責められながらも笑い続ける創造神。その二人の視線の先で、ヒイロのルナティッククレイは放たれ、地を削るほどの破壊が生まれる。

「あ……ああ……私の分体の魔力が、あのような野蛮《やばん》な破壊のエネルギーに変えられるなんて……」

「アッハハ、やっぱりおっさんは面白いなぁ。でも、見てみなよルナ。ルナが頭を悩ませていた魔道具は、今の攻撃で壊れたよ」

「笑い事ではないと言ってるじゃないですか！　魔道具が壊れても、新たな頭痛の種が生まれただけです！　何ですか、あの者は！」

「勇者だよ。僕のお気に入りのね」

「お気に入りって……一体、あの者にどのような加護を与えたんですか！」

ルナは底無しにお気楽な創造神の襟首を掴みブンブンと前後に振る。

自分を生み出した者に対して大変無礼《ぶれい》な行為ではあるものの、当の本人である創造神は揺さぶられながらも、まだ笑いながらおっさんの様子を見ていた。

「アッハハ、まぁ、色々とね……って、あ、ほらほら、おっさんが戦うよルナ」

あからさまな気のそらし方だったが、自分の分体の魔力を使いあんな破壊を生み出した者がどのような者なのか気になったルナは、視線を下界に向けた。

二人の視線の先で、ヒイロはナスカリスに勝つ。そして、その先の処分の仕方を見て、創造神は眉をしかめ嘆息した。

「あ〜あ、せっかく敵対する人型を殺しても動じない精神を与えてあげたのに、なんであのおっさんはそれを拒絶《きょぜつ》するかな。他の勇者は、それをいいことにある程度好き勝手やってるのに……」

「ですが、人は突然身のほどに見合わない力を手に入れれば、力に溺れるものです。それを自制できてる分、好感は持てますけど」

「う〜ん、身の丈に合わない力を手に入れた時に力に溺れるのは、元々の力がなかった奴の方がその度合いは高い筈なんだけどなぁ。おっさんは完全なる弱者だった筈なのに、何で好き勝手にしないいんだろ」

ルナの言い分にため息をつきながら、創造神は首を傾げる。

「あの者は、人を殺せばその肉親や知人の憎しみを買い、さらなる悲劇《ひげき》を生んでしまう、憎しみの連鎖《れんさ》をよく理解してるのではないでしょうか」

「それはないと思うけどな。ただ単に殺すことイコール悪いことっていう、地球の、それも日本の常識を当てはめてるだけじゃないかな」

「もしそうだとしても、怒りや憎しみに任せて考え無しに殺してしまうよりはマシかと思いますが」

「う～ん、そういう考え方もできるかなぁ……」

ヒイロはヒイロなりに与えられた力を自分の好き勝手に使っているのだが、そのことに二人は気付いていない。

弱者故に他人との争いを避けるために他人の迷惑になることを徹底的《てっていてき》に嫌い、それが性格に反映されるまで昇華《しょうか》してしまったヒイロ。彼の生き方は、生まれながらの強者である二人には理解できなかった。

「まぁ、皆が皆、同じことをしても見てて面白くないし、それがあのスキル達を手にした勇者なら尚更《なおさら》かな」

おっさんがこの先、どのようなこちらの予想を外す行動を取るのか、それを思い浮かべて楽しくなった創造神は再び笑い始めた。

あとがき

この度は文庫版『超越者となったおっさんはマイペースに異世界を散策する3』を手に取っていただき、ありがとうございます。

前巻では、緊張感のある戦闘シーンが少なかったため、第三巻はもうちょっとシリアスな（真面目な）戦闘の場面を書こうと、単行本の執筆時には考えていた記憶があります。

まあ、そんな構想を練《ね》りながら、ヒイロのボケに対するツッコミ役として、彼と同時に召喚された勇者の一人であるネイを合流させました。

バーラットやニーアだけでは、ヒイロのボケがボケっぱなしになってしまう――。

そろそろこの辺で、ツッコミが欲しい……！

そんな危惧と一念のもと、ネイは生まれたキャラでした。とはいうものの、ヒイロの単なるストッパー役にしては大変、華のあるキャラクターにデザインしていただいたこともあり、書く側としても徐々に熱が入っていきました。ご覧いただいた通り、なかなか存在感のあるキャラへ育ってくれたと思います。

さて、話は冒頭で書いた第三巻のコンセプトに戻りますが、本書ではシリアスな戦闘シーンを書くことを心掛けると同時に、新キャラのネイの陰に埋もれないようパーティのメンバーの活躍にも気を使いました。

格上の強敵を相手に辛勝《しんしょう》するバーラット。これまで隠されていた真の実力の片鱗《へんりん》を見せるレミー。自分の命も顧《かえり》みずヒイロのピンチを救うニーア。規格外の破壊を生み出したヒイロ。それぞれがインパクトを出せるように頑張《がんば》って物語を書きました。

特に、これまでの戦闘では喚《わめ》いているシーンしか印象に残せなかったニーアには、何とか見せ場を作りたいと、ヒイロが無双《むそう》するクライマックスに至るための重要な役割を担《にな》ってもらいました。

と、こんな感じで少々ネタバレ感のあるあとがきを書いてしまいましたが、（まあ、具体的なエピソードにはあまり触れていないので、大丈夫かなあ、と楽観視《らっかんし》しつつ……）本編にまだ目を通されていない方は、いったんこのあとがきの内容は忘れていただいて、是非《ぜひ》、最初からお楽しみいただけますと幸いです。

それでは、次巻も皆様にお読みいただくことを願い、そろそろお暇《いとま》させていただきます。

二〇二一年一月　神尾優

大好評発売中！
累計500万部突破！
ゲート SEASON1
大好評発売中！
コミックス
最新18巻
大好評発売中！
単行本
文庫
漫画
漫画：竿尾悟
●本編1～5／外伝1～4／外伝+
●各定価：本体1700円+税
●本編1～5〈各上・下〉／
外伝1～4〈各上・下〉／外伝+〈上・下〉
●各定価：本体600円+税
●1～18（以下、続刊）
●各定価：本体700円+税
スピンオフコミックスもチェック!!
ゲート featuring The Starry Heavens
原作：柳内たくみ
漫画：阿倍野ちゃこ
1～2
ゲート 帝国の薔薇騎士団 ピニャ・コ・ラーダ14歳
原作：柳内たくみ
漫画：志連ユキ枝
1～2
めい☆コン
原案：柳内たくみ
漫画：智
●各定価：本体680円+税

大ヒット
異世界×自衛隊ファンタジー
ゲート
自衛隊 彼の海にて、斯く戦えり
GATE SEASON 2
1〜5
柳内たくみ 著
Yanai Takumi
1〜5巻
好評発売中！
ゲート SEASON 2
1.抜錨編
GATE
自衛隊 彼の海にて、斯く戦えり
柳内たくみ 著
舞台は異世界の海！ゲート海自編、ついに開幕！
海上自衛隊VS
異世界海賊&海軍！
累計420万部！ 超スケールの自衛隊×異世界ファンタジー！
●各定価：本体1700円＋税
●Illustration：Daisuke Izuka
1巻「抜錨編」
待望の文庫化！
大好評発売中！
ゲート SEASON 2
自衛隊 彼の海にて、斯く戦えり
1.抜錨編
柳内たくみ
上
下
『ゲート』シリーズ累計
ついに500万部突破！
豪華賞品が当たる
海自編、待望の文庫化！
●各定価：本体600円＋税
●Illustration：黒獅子

アルファライト文庫

この作品に対する皆様のご意見・ご感想をお待ちしております。

おハガキ・お手紙は以下の宛先にお送りください。

【宛先】

〒150-6008 東京都渋谷区恵比寿4-20-3 恵比寿ｶﾞｰﾃﾞﾝﾌﾟﾚｲｽﾀﾜｰ 8F
（株）アルファポリス　書籍感想係

メールフォームでのご意見・ご感想は右のＱＲコードから、
あるいは以下のワードで検索をかけてください。

アルファポリス　書籍の感想　検索

ご感想はこちらから

本書は、2018年8月当社より単行本として
刊行されたものを文庫化したものです。

超越者《ちょうえつしゃ》となったおっさんは
マイペースに異世界《いせかい》を散策《さんさく》する３

神尾優（かみお　ゆう）

2021年 2月 28日初版発行

文庫編集－中野大樹／篠木歩
編集長－太田鉄平
発行者－梶本雄介
発行所－株式会社アルファポリス
〒150-6008東京都渋谷区恵比寿4-20-3恵比寿ガーデンプレイスタワー8F
TEL 03-6277-1601（営業） 03-6277-1602（編集）
URL https://www.alphapolis.co.jp/
発売元－株式会社星雲社（共同出版社・流通責任出版社）
〒112-0005東京都文京区水道1-3-30
TEL 03-3868-3275
装丁・本文イラスト－ユウナラ
文庫デザイン―AFTERGLOW
（レーベルフォーマットデザイン－ansyyqdesign）
印刷－中央精版印刷株式会社

価格はカバーに表示されてあります。

落丁乱丁の場合はアルファポリスまでご連絡ください。

送料は小社負担でお取り替えします。


ISBN978-4-434-28506-6 C0193